白齋集

인생을 漢詩로 노래하다

白齊集

인생을 漢詩로 노래하다

安泰鳳 漢詩集

동행출판

머리말

　군데군데 눈이 쌓인 三月이 오면 사랑방 앞에는 나지막한 매화나무가 이른 봄을 부르며 꽃망울을 터뜨렸습니다. 시간이 흐르고 흘러 내 인생의 스승, 백제선생님이 떠나신지 어언 十六年. 봄은 바람에 꽃 편지 되어 날아오르고 여린 잎들이 초록으로 빛나는 오월이 무르익어가는 즈음 옛 기억들이 새록새록 솟아납니다.

　묵향(墨香)이 가득 배인 아버지의 서재는 왁자지껄 밤이 깊어갑니다. 암울한 시대를 살아내는 지식인들에게는 새벽을 하얗게 지새우며 시대의 아픔을 토로해내는 광장이었고 지식에 대한 목마름을 해갈하는 샘이 되어주던 서재의 풍경이 어련합니다. 동녘이 어스름하게 밝아올 무렵이면 사랑방 손님들이 하나 둘 아버지의 서재를 빠져나가고 잠시 눈을 붙인 아버지는 일어나자마자 첫 번째로 하시는 일이 정원에 있는 나무 둘레를 둥글게 파는 것이었습니다. 그 위로 한말 술통에 남은 막걸리를 부어주며 나무와 대화를 나누시던 모습이 어제 일처럼 생생합니다.

평생 손에서 책을 놓은 적이 없는 뛰어난 식견과 때로는 예술적 광기로 다가왔다가 클래식기타를 켜며 '산타루치야'를 들려주시던, 때로는 달콤하게 때로는 유쾌하게 풀어내는 멋과 감성이 풍부한 분이기도 하셨으며 아버지의 삶은 하나에서부터 열까지 기이하고 남다름이었습니다. 안타깝게도 향리(鄕里) 식자들의 아고라이자 사랑방이었던 서재가 화마(火魔)에 소실되자 낙심하여 수년간의 세월을 칩거하다시피 지내셨습니다. 짧은 운명을 감지하셨던지 흩어져있던 메모들을 연도별로 정리하며 한시(漢詩)를 풀어내는 것으로 마음을 추스르며 보내셨던 아버지...

백제선생님이 홀연히 떠나가시고 16년이 흐른 뒤에서야 白齊漢詩集을 발행하게 된 감회가 큽니다. 시류(時流)에 편승하지 않고 끝내 가난한 선비로 살아내신 아버지에 대한 존경과 원망이 상존했던 옛 기억들은 사라지고 몰려드는 그리움으로 내내 몸살을 앓았습니다만 묵향이 잔잔히 배어나오는 자료를 한 장 한 장 넘길 때마다 유품이 된 漢詩初稿本을 문학 작품으로 세상에 내보내어 漢詩를 사랑하는 분들에게 자료로 제공할 수 있게되었다는 기쁨으로 편집을 마칠 수 있었습니다. 책의 발간이 곤궁한 살림에도 아버지 곁을 지켜주신 어머니와 백제선생의 아들과 딸로 살아낸 오빠와 여동생들에게 진심으로 위로의 선물이 되길 바라며,
"보고 싶습니다., 白齊 나의 아버지."
푸르른 오월, 바람결에 아버지에게로 그리운 마음을 띄웁니다.

－ 편집자 －

차례

自敍
자 서

文成公 晦軒先生의 後裔로 詩禮古家에 태어나 先代의 德業
문성공 회헌선생   후예   시예고가   선대   덕업

으로 六藝를 夙習하고 仁義禮智信의 五德위에 身修琢磨하였
육예 숙습   인의예지신   오덕   신수탁마

음에도 當代志業은 延延未成이요 箕裘之業은 또한 一齊未傳
당대지업 연연미성   기구지업   일제미전

으로 無本無蹟인데 知命의 年齒雜說廢語를 弄하고 蒂掃墨戲
무본무적   지명   연치잡설폐어   롱   추소묵희

로 蟷蜋의 愚擧를 以爲難免이니 列祖에 累가 되고 屢代功業
당랑 우거   이위난면   열조   누   누대공업

이 不肖에서 落籍함이던가! 鄙格陋生에 訓在中庸하고 和而不
불초   낙적   비격누생   훈재중용   화이불

流하여 一抹精進한 바 詩書幾片이 纔得微煦로 若干이 世間
류   일말정진   시서기편   재득미후   약간   세간

에 膾炙되고 丘壟에 伏在하나 어찌 저 顯揚之功이 되랴. 오히
회자   구롱   복재   현양지공

려 空還의 愚에 머물고 말았도다.
공환   우

上恐祖先하고 下恧後生하니 스스로 愧汗할뿐이로다. 況且年
前의 火厄 鄕鄰第一의 書齋를 燒盡하였으니 血淚四紀에 積
久聚藏의 萬卷文籍及稀貴文具器皿 等을 烏有로 돌리고 말아
敗家亡身의 落魄을 어찌 다 堪當할 수 있으랴. 幾多殘年일지
難測인데 秉彝之身의 安宅正路는 何處竪이며 道山歸徑 何
處在런가! 催喚殘息에 忙裏偸刻하고 滄海遺珠로 漏盡夜行하
여 滅倫敗常을 欲解纜免辱이나 不揣其本而齊其末이니 嗚呼
破鏡不重照요 落花難上枝로다.

含垢納汚하고 雖弄非詩非書라도 殘片述載하노니 欲知我生
이어든 因當看此集하라 濟濟蹌蹌平生求之나 塗抹詩書하였으
니 塵飯塗羹이로다. 此亦攀挼鷗之危巢로 不禁愧恥憤恨之心
하노라.

檀紀4325年 壬申 三月 哉生明

白齊外史 泣識

文成公 晦軒先生의 后裔로 詩禮古家에 태어나

先代의 德業으로 六藝를 風習하고 仁義禮智

信의 五德위에 身修琢磨하였음에도 當代志業을

延々未成이요 箕裘之業은 또한 一齊未傳으로

ㄴ無本無蹟인데 知命의 年齒에 雜說廢語

를 弄하고 常掃墨戲로 螳螂의 愚擧를 以

爲難免이나 列祖에 累가되고 屢代功業이 不肖

에서 落籍함이어가 鄙格陋生에 訓在中庸하고 和

而不流하여 一抹精進한바 詩書幾斤이 纔得微照

또 若干이 世間에 膾炙되고 丘壑에 伏在하니 어찌

列顯揚之功이 되랴 오히려 空還의 愚에 떠물고

맡았도다

上恐祖先하고 下恐後生하니 스스로 愧汗찰 뿐이

로다 況且年前의 火厄에 鄕鄰 第一의 舊齋言燒

盡하였으니 血淚四紀에 積久聚藏의 萬卷文籍及稀

貴文具器皿 等을 烏有르 돌리고 말아 敗家亡身

의 落魄을 어찌나 堪當할 수 있으랴 幾多殘年을

지 難測인데 秉彝之身의 安老正路는 何毫墜

이며 道山歸徑은 何毫在러가 催喚殘息에 忙裏

偸刻하고 滄海遺珠로 湄盡夜行하여 滅倫敗常

코 欲解纜免厲이나 不揣其本而齊其末이니

嗚呼 破鏡不重照요 落花難上枝로다

含垢納汚하고 雖弄非詩非書라고 殘片述載하고

니 欲知我生이어든 因當省此集하라 濟濟蹌蹌平

生求之나 塗抹詩書하였으니 塵飯塗羹이로다

此亦攀棲鶻之危巢로 不禁愧恥憤恨之心하

노라

檀紀四三二五年 壬申 三月 我生明

白齊外史 泣識

迎春
영 춘

<봄을 맞이하자 檀紀4296年 癸卯 春>

강남 강북 어디고 다 봄이라.

꽃시절 기지개 켜며 날로 새로워지매

때를 만난 물고기는 뛰어오르고

새들은 따뜻한 기류를 타고 날아오른다.

짙은 그늘을 가꾸어 더위를 쫓고

때로는 다락에 올라 머리를 식혀가며

매죽(梅竹)을 시제(詩題) 삼아 문우들이 모여서

백엽주에 거나해져 입술을 핥는다.

江南江北四望春　華序漸舒日日新
강 남 강 북 사 망 춘　화 서 점 서 일 일 신

旣得天機魚自躍　晩乘氣暖鳥相翻
기 득 천 기 어 자 약　만 승 기 난 조 상 빈

常栽茂蔭圖追署　時上高樓爲養神
상 재 무 음 도 추 서　시 상 고 루 위 양 신

梅竹詩詞文會友　酒酣柏葉舐殘脣
매 죽 시 사 문 회 우　주 감 백 엽 지 잔 순

江南江北四望春
華序漸舒日ゝ新
既得天機魚自躍
晚乘氣暖鳥相翻
常栽茂隴圖追暑
時上高樓為養神
梅竹詩詞文會友
酒酣柏葉舐殘唇

望月
망 월

<달을 바라보며 1964년 甲辰 上冬>

씻은 듯 푸른 하늘 티 없이 맑아
덩실 중천에 매인 달이 새롭다.
시인은 이 밤의 달을 사랑하노니
하늘가 떠도는 나그네 꿈이 참되기만 하다.

蒼空若洒淨無塵 聳繫氷輪萬古新
창 공 약 세 정 무 진　용 계 빙 윤 만 고 신

最愛騷人今夜月 天涯俗客夢猶眞
최 애 소 인 금 야 월　천 애 속 객 몽 유 진

望月　四二九七年甲辰　上冬

蒼空若酒净無塵
聲繫氷輪萬古新
最愛騷人今夜目
天涯俗客夢猶眞

尋浣溪湫
심 완 계 추

<완계폭포를 찾아 1964년 甲辰 老夏>

산골 시냇물줄기 드리워 넘치게 흘러서
쏟아져 내린 두 줄기 무지개로다.
쌓인 기암 사이로 물버들이 자라고
아슬한 절벽에서 서늘한 바람이 불어온다.
서불(徐市)은 어느 때 이곳을 지났던고
나는 이제야 돌아왔구려.
하늘은 귀머거리요 땅은 벙어리라 말이 없어도
시(詩)로써만 전해와도 만고에 통하누나.

磎磵懸川多少洚　飛流直下兩成蝀
계 간 현 천 다 소 홍　비 류 직 하 양 성 동

奇巖疊疊生楊柳　絶壁危危送淸風
기 암 첩 첩 생 양 유　절 벽 위 위 송 청 풍

徐市何年曾過此　安儂今日晚歸中
서 불 하 년 증 과 차　안 농 금 일 만 귀 중

天聾地啞皆無語　只有傳詩萬古通
천 롱 지 아 개 무 어　지 유 전 시 만 고 통

* 市:불로 읽는다.

尋浣溪漱　四三九七年甲辰春夏

磽碙懸川多少泮
飛流直下兩成蝀
奇巖疊疊生楊柳
絕壁危危送清風
徐市何年曾過此
安儂今日晚歸中
天聾地啞皆無語
只有傳詩萬古通

次一艸亭韻
차 일 초 정 운

<일초정운에 따라 次安愼菴一艸亭韻 甲辰 夏>

소나무 무성한 대숲에 초당 하나
북쪽 창 남쪽 뜰 가운데 자리 잡다.
천덕산(天德山) 이어온 곳이라 신령한 자주빛 터에
완계에서 받은 물이라 푸른빛으로 솟는다.
손님은 이 세월이 한가롭건만
주인이 학문을 강구하여 얼마나 글을 가르쳤나
사계절 풍경이 그때마다 달라 보이고
화조연운(花鳥煙雲)이 각각 한 가닥 깨침이 있다.

松茂竹稠一草亭　北窓南坐占中庭
송 무 죽 조 일 초 정　북 창 남 좌 점 중 정

連山天德基靈紫　貢水浣溪涌出靑
연 산 천 덕 기 령 자　공 수 완 계 용 출 청

客子閒情今歲月　主翁講究幾傳經
객 자 한 정 금 세 월　주 옹 강 구 기 전 경

四期觀景隨時異　花鳥煙雲各一醒
사 기 관 경 수 시 이　화 조 연 운 각 일 성

次一艸亭韻　甲辰

松茂竹稠一草亭
北窗南坐占中庭
連山天德基靈紫
貢水浣溪涌出青
客子間情今歲月
主翁講究後傳經
四期觀景隨時異
花鳥煙雲各一醒

閒景
한 경

<한가로운 풍경 檀紀4298年 乙巳 老夏>

푸른 한들 가운데
한가로이 몇 칸의 집이 있다.
앞에는 천덕(天德)의 들이 펼쳐있고
뒤로는 금성산(錦城山)이 둘러있다.
서편에 통명산(通明山)이 다소곳하고
동쪽엔 순자강(鶉子江)이 굽이쳐 흐른다.
닭치고 돼지치고 농사를 지어가며
자손을 가르치고 돌보며 산다.

綠苑大坪上　閒然屋數間
녹 원 대 평 상　한 연 옥 수 간

前開天德野　後帳錦城山
전 개 천 덕 야　후 장 금 성 산

右揖通明嶽　東平鶉水灣
우 읍 통 명 악　동 평 순 수 만

鷄豚禾麥稼　敎子敎孫還
계 돈 화 맥 가　교 자 효 손 환

閒景

綠苑大坪上
閒然尾巖間
前開天德野
後帳錦城山
右揖通明嶽
東平鸕水灣
鷄豚禾麥稼
教子衆孫還

四三九八年乙巳　初夏

學古堂
학 고 당

<학고당에서 檀紀4296年 乙巳>

순흥 안씨(順興 安氏) 집은 공들임이 오래되었고

당호가 학고당(學古堂)이라 만족하노니

바라거니와 오래도록 복되어라.

끊임없이 여유롭게 신선을 짝하여라.

順安舊宅世功長　齋號洋洋學古堂
순 안 구 댁 세 공 장　재 호 양 양 학 고 당

但望祥雲春久在　綿綿餘慶伴仙香
단 망 상 운 춘 구 재　면 면 여 경 반 선 향

學古堂　乙巳

順安舊宅世功長
齋號洋洋學古堂
但望祥雲春久在
綿綿餘慶伴仙香

有感
유 감

<감회가 깊다 乙巳>

붉게 타는 노을 너울 별천지 열었는데
가물가물 찬 기러기 노을사이로 날아간다.
검푸른 동백이사 권세를 누리건만
인생은 겨우 칠십년도 다 못 채운다.

烟霞遠影別開天　隱隱寒鴻靄際獛
연 하 원 영 별 개 천　은 은 한 홍 애 제 련

老柏蒼松千壽歲　人生僅得未稀年
노 백 창 송 천 수 세　인 생 근 득 미 희 년

有感　　四三九八年乙巳

湮霞遠影別開天
隱々寒鴻霽際邅
老柏蒼松千壽歲
人生僅得未稀年

浣溪
완 계

<완계에서 檀紀4299年 丙午>

시냇물 절벽에 내려 천 길이나 되는 듯
초당은 덕양(德陽) 땅 숲속에 있다.
미처 다 가기도 전에 좋아하던 이름이라
분암의 끼친 자취 옷깃에 상큼하다.

淸川帶壁似千尋　堂在德陽盡處林
청 천 대 벽 사 천 심　당 재 덕 양 진 처 림

未至中程名已好　憤菴遺蹟爽我襟
미 지 중 정 명 이 호　분 암 유 적 상 아 금

* 憤菴:분암선생의 호

浣溪　　四九九年丙午

清川帶壁似千尋
堂在德陽盡慶林
未至中程名已好
憤菴遺蹟爽我襟

望後坪
망 후 평

<뒷들을 바라보며 檀紀4299年 丙午>

언덕에 올라 먼 들을 굽어본다.
붉게 물든 안개 덕산에 빗겨 있고
새들은 노을가로 사라지고
소를 몰아 논 가운데서 논을 간다.
예쁜이는 버들을 잡고 이별하고
정을 준 손은 꽃을 쓸고 영접한다.
점심때가 되어 해는 중천에 떠 있는데
점심을 이고 분주히 나른다.

登丘瞰遠野　彩霧德山橫
등 구 민 원 야　채 무 덕 산 횡

飛鳥霞邊盡　牽牛畓裏耕
비 조 하 변 진　견 우 답 리 경

佳人攀柳別　情客掃花迎
가 인 반 유 별　정 객 소 화 영

當午中天下　饁荷先後爭
당 오 중 천 하　엽 하 선 후 쟁

望後坪

登丘瞻遠野
彩霧德山橫
飛鳥霞邊盡
牽牛畲裏耕
佳人攀柳別
情客掃花迎
當午中天下
饞荷先後爭

四三九九年丙午

無題一
무 제 일

<1966년 於浣溪秋 丙午 老夏>

산은 우주의 바탕을 품어있고
시냇물은 바다로 돌아갈 마음이다.
천도의 바탕이 섭리로 일어난 곳이라
세상 사람은 그 소리를 알지 못한다.

山擁乾坤素　溪含歸海心
산 옹 건 곤 소　계 함 귀 해 심

道原緣起地　世路不知音
도 원 연 기 지　세 로 부 지 음

無題 一

山擁乾坤素
溪含歸海心
道原緣起伏
世路不知音

乙丙午老夏 於浣溪楸

無題二
무 제 이

<浣溪楸嶺後 夢中忽栗谷先生見身次韻 丙午>

하늘에서 쫓겨난 어설픈 나그네
땅에 사는 심정이라
티끌세상에서는 명예도 욕됨도 사양하며
홀로 서서 저 하늘소리 알아듣는다.

天放空疎客 逍遙地上心
천 방 공 소 객   소 요 지 상 심

塵中辭譽辱 獨立可知音
진 중 사 예 욕   독 립 가 지 음

無題 二 丙午浣溪漱韻後夢中忽栗谷先生
見身次韻

天放空疎客
逍遙地上心
塵中辭譽辱
獨立可知音

訪浣溪精舍
방 완 계 정 사

<완계정사를 방문하여 檀紀4300年 丁未 春>

빽빽한 험한 길이 깊숙하고 고요한데
유수와 행운 같이 얼마나 찾던 길이던가
쑥쑥 자란 춘란(春蘭)은 긴 잎을 뻗어있고
지저귀는 산새들이 고운 노래 들려준다.
사람의 성쇠는 생로병사를 좇고
하늘의 조화 속은 고금동서가 같아라.
백구는 울타리 밑에 엎드려 잠들었는지
문밖에 손님이 와도 관심도 없다.

崎嶇磅礴窈重深　流水行雲路幾尋
기 구 방 박 요 중 심　유 수 행 운 로 기 심

茁茁谷蘭長拔葉　嚶嚶林鳥好傳音
줄 줄 곡 란 장 발 엽　앵 앵 림 조 호 전 음

盛衰人備生從老　造化天藏古似今
성 쇠 인 비 생 종 로　조 화 천 장 고 사 금

白狗睡頭僵柴下　門前客到不關心
백 구 수 두 강 시 하　문 전 객 도 불 관 심

訪浣溪精舍　四三〇〇年丁未春

崎嶇磅礴窈重深
流水行雲路幾尋
茁茁谷蘭長拔葉
嚶嚶林鳥好傳音
盛衰人備生徑老
造化天藏古似今
白狗睒頭僵紫下
門前客到不開心

尋泉隱寺
심 천 은 사

<천은사를 찾아 檀紀4300年 丁未 仲春>

삐걱삐걱 지팡이 짚고 어렵사리 오르며
굽어보면 무인지경이라 눈앞이 비어있다.
오랜 절간 밝은 창 앞에 성불하기를 바라
구름 숲속 깊숙이 불서를 읽는다.

龜步携筇艱上墟　下暗無地眼前虛
구 보 휴 공 간 상 허　하 민 무 지 안 전 허

晴窓古寺修成道　深處雲林讀佛書
청 창 고 사 수 성 도　심 처 운 림 독 불 서

尋泉隱寺　丁未仲春

龜步攜筇觀上巘
下瞰無垠眼前霊
晴窓古寺修成道
深處雲林讀佛書

懷古
회 고

<옛날을 돌이켜보다 檀紀4300年 丁未>

삼십 여년을 고당으로 따르며
마음은 큰 산악 인양 그 뜻이야 마땅하다만
청산은 말이 없고 뜬구름이 대답하되
흰머리로 모시고 배웠으나 진즉에 그만둬야 했다고

三十春光從顧堂 心如泰嶽志若當
삼 십 춘 광 종 고 당　심 여 태 악 지 약 당

靑山無語浮雲荅 鶴髮侍課昔罷場
청 산 무 어 부 운 답　학 발 시 과 석 파 장

懷古

三十春光従頑堂
心如泰嶽志若嵩
青山無語浮雲杳
鶴髮侍課昔罷場

艸堂日記
초 당 일 기

\<초당의 일상을 씀 1967년 丁未 秋\>

흰구름 푸른산 물소리 청아하고
쓸쓸한 좁은 방에 가을을 우는 매미소리
활짝 핀 정원의 꽃들이 마루 앞에 자태 뽐내고
뜰에 우거진 잡초들은 온 집안에 가득하다.
푸른 버들 시원한 바람에 옛 친구 찾아와
벽오동에 달빛 드리우듯 새로운 정을 맺는다.
금서를 모두 다 갖췄고 살림 또한 넉넉하니
사람이 백년을 늙어가며 남을 이름을 지어야지.

雲白山靑淡水聲　蕭然環堵蟬秋鳴
운 백 산 청 담 수 성　소 연 환 도 선 추 명

園花灼灼軒前態　庭草深深屋帶成
원 화 작 작 헌 전 태　정 초 심 심 옥 대 성

綠柳凉風來故舊　碧梧霽月結新情
녹 류 량 풍 래 고 구　벽 오 제 월 결 신 정

琴書俱備足家計　人老百年作住名
금 서 구 비 족 가 계　인 로 백 년 작 주 명

艸堂日記　丁未秋

雲白山青淡水聲
蕭然環堵蟬秋鳴
園花釣釣軒前態
庭草深深屋帶成
綠柳涼風末故舊
碧梧霽月結新情
琴書俱備足家計
人免百年作佳名

半島嘆
반 도 탄

<천기를 관조하며 읊음 戊申 一月>

산마다 구름이 떠있는
온 들에 벼는 익어간다.
남북은 이웃하면서도 멀어져 있고
동서는 멀리 정서가 맞지 않네.
기러기는 지난 정부의 얘기를 전해주고
벌레소리는 옛 왕조의 얘기를 들려주네.
어느 날 평화를 이룰 수 있을까
백성은 기분 좋게 맑은 날 오기를 기다리네.

雲歸千墇屹　稻熟萬田坪
운 귀 천 장 흘　도 숙 만 전 평

南北鄰相隔　東西遠距情
남 북 린 상 격　동 서 원 거 정

雁傳前廷語　虫送舊朝聲
안 전 전 정 어　충 송 구 조 성

何日成平和　黎民待快晴
하 일 성 평 화　여 민 대 쾌 청

*一月卄一日 北匪金信朝一黨 靑瓦臺侵透事件後

半島嘆

四三〇一年戊申一月廿一日北匪金信朝一黨青瓦台侵逞事件後

雲歸千嶂屹
稻熟萬田坪
南北鄰相隔
東西遠距情
雁傳前廷語
出送舊朝聲
何日成平和
黎民待快晴

卽事
즉 사

<느낀 대로 씀 1968년 戊申 春>

밝은 달밤이라 별들은 드물고
난간에 기대어 끓어오르는 정 이기지 못한다.
영롱한 이슬 맺히듯 시가 되어도
젊어서 술병에 빠져 읊기도 그만두었다.
좋은 술은 천 가지 원한도 녹여내고
맛좋은 안주는 온갖 느낌을 빚어낸다네.
떠도는 인생이라 헛되이 탄식만 하고
이름 석 자 하나 남지 못한 몸이로구나.

月白星稀夜　憑欄不勝情
월 백 성 희 야　빙 난 불 승 정

詩成凝玉露　咏罷沒蒼酲
시 성 응 옥 로　영 파 몰 창 정

美酒銷千恨　佳肴釀百精
미 주 소 천 한　가 효 양 백 정

浮生空自嘆　身後未成名
부 생 공 자 탄　신 후 미 성 명

即事

月白星稀夜
憑欄不勝情
詩成凝玉露
咏罷沒蒼醒
美酒銷千恨
佳肴釀百精
浮生空自嘆
身後未成名

戊申春

訪忠魂塔
방 충 혼 탑

<충혼탑을 방문함 檀紀4302年 己酉 顯忠日>

순자강 서쪽이요 성출봉 동쪽이니
봉래산 영주산을 옆에 하고 맵시를 겨룬다.
천년을 향불 피울 충혼이사 순수하고
만고에 변함없는 마음이라 높은 절개가 붉기만 하다.
어지신 대의는 탑 밖에서 하나 되어
초롱초롱 밝은 별이라 하늘 안에선 다르구나.
아름다운 자취 찬양함 이사
훗날 누가 말하랴 그 공적 다 말하지 못했음을.

鶉子江西聖出東　蓬瀛左右欲爭雄
순 자 강 서 성 출 동　봉 영 좌 우 욕 쟁 웅

千秋芬苾忠魂白　萬古丹心高節紅
천 추 분 필 충 혼 백　만 고 단 심 고 절 홍

大義賢賢同塔外　明星晳晳異天中
대 의 현 현 동 탑 외　명 성 석 석 이 천 중

闡揚美蹟今猶古　誰道他年紀闕功
천 양 미 적 금 유 고　수 도 타 년 기 궐 공

訪忠魂塔　四〇二年己酉顯忠日

鵑子江西聖出東
蓬瀛左右欲爭雄
千秋芬苾忠魂白
萬古丹心高節紅
大義賢賢同塔外
明星皙皙異天中
闡揚美蹟今猶古
誰道仲承紀闕功

吟谷城
음 곡 성

<곡성의 시 檀紀4302年 己酉>

읍호로는 곡성인데 어찌 성이 없는가
넓고 넓은 한들 멀리 산들이 비켜있고
예스러운 푸른 벌판에 인심도 후하거니
시내로 들어서면 색다른 정감이 넘실댄다네.

邑號谷城豈不城　遙遙大野遠山橫
읍 호 곡 성 기 불 성　요 요 대 야 원 산 횡

綠原故色人心厚　路入潺潺別有情
녹 원 고 색 인 심 후　로 입 잔 잔 별 유 정

吟谷城

邑聯谷城豈不城　乙酉

遙々大野遠山橫

綠原故色入心厚

路入瀑々別有情

過順天吟
과 순 천 음

<순천을 지나며 1969년 己酉 霜秋>

정말 고운 이름 그대로인

남으로 대해와 경계한 고을이다.

한 봉우리 반은 잘려나간 듯 삼산의 머리요,

아홉 구비 중간에 만난 이수의 물가로다.

秀麗分明名實求　南連大海界邊州
수 려 분 명 명 실 구　남 연 대 해 계 변 주

一峯半落三山頂　九曲中逢二水洲
일 봉 반 락 삼 산 정　구 곡 중 봉 이 수 주

過順天吟　　乙酉霜秋

秀麗分明名實光
南連大海界邊物
一峯半落三山頂
九曲中逢二水�q

除夜
제 야

<그믐밤에 1969년 己酉>

가물거리는 등잔불 앞에 잠 못 이루어 괴로운데
서른둘 나이가 정녕 서글프구나.
아이에게는 가훈(家訓)을 가르치면서도
부끄러운 이 몸은 예나 다름없으니.

對坐殘燈苦不眠 星霜四八正悽然
대 좌 잔 등 고 불 면 성 상 사 팔 정 처 연

傳來庭訓敎兒誦 愧我持身似舊年
전 래 정 훈 교 아 송 괴 아 지 신 사 구 년

陳夜　己酉

對坐殘燈苦不眠
星霜四八正悽然
傳末庭訓教見誦
愧我持身似舊年

然居
연 거

<그런대로 산다 檀紀4303年 庚戌>

건달도 청운도 한참 때 다 보내고
이름 따위 떨칠 것 없이 자유롭게 사는 몸
안개 자욱한 깊은 곳에 고기 잡고 나무하며
비바람 치는 날엔 붓글씨나 쓰며 산다.

白首靑雲送晟春 居無名望自由身
백 수 청 운 송 성 춘   거 무 명 망 자 유 신

烟霞深處漁樵伴 風雨來時翰墨親
연 하 심 처 어 초 반   풍 우 래 시 한 묵 친

幽居

白首青雲送晟春
居無名望自由身
烟霞深處漁樵伴
風雨來時翰墨親

庚戌

靜觀
정 관

<깊고 으슥함을 제목으로 하여 1970년 庚戌>

드넓은 이 우주를 누가 재보았던가!
태허(太虛)속을 측량하기 어려워라.
좋고 싫은 감정이야 산에 떠오른 달과 같고
세상사 오고 감도 바닷바람 같은 것
천지는 자비로워 귀천을 두지 않아도
백만장자의 환상을 버리라 한다.
생사빈부는 벌써 분수로 정해졌다 해도
덕을 즐기고 어질면 절로 창성해지는 것으로

執計乾坤高遠洪　難量一體太虛中
숙 계 건 곤 고 원 홍　난 량 일 체 태 허 중

性情好惡山頭月　世事往來海上風
성 정 호 악 산 두 월　세 사 왕 래 해 상 풍

宇宙含悲無貴賤　令人都却萬金夢
우 주 함 비 무 귀 천　영 인 도 각 만 금 몽

死生富裵已分定　樂德能仁自此融
사 생 부 구 이 분 정　낙 덕 능 인 자 차 융

靜觀　　四三〇三年 庚戌

熟計乾坤高遠洪
難量一體太虛中
性情好惡山頭月
世事往來海上風
宇宙含悲心興貴賤
令人都卻萬金夢
死生富貴已分定
樂德能仁自此融

登廣寒樓
등 광 한 루

<광한루에 올라 1970년 庚戌 八月>

밤하늘 달나라의 광한전 누각을
누구라 남원 땅에다 세워 놓았을까
오작교 옆 유곽의 아가씨들이 꼬드겨대니
영주각 뒤에서 깊은 정을 나누는구나.
춘향이 남긴 정절 오늘까지 전해오고
이도령 꿈같은 낭만의 시절 얼마나 될런지
오가며 들리는 소문이사 갈수록 드높은데
고달픈 등불 앞에는 오랜 애수가 있다.

銀河月殿廣寒樓　誰設帶方此地頭
은 하 월 전 광 한 루　수 설 대 방 차 지 두

烏鵲橋邊天女誘　瀛洲閣後雨雲游
오 작 교 변 천 녀 유　영 주 각 후 우 운 유

春香遺烈傳今世　道令風流度幾秋
춘 향 유 열 전 금 세　도 령 풍 류 도 기 추

往去歸來聞益著　靑燈獨對萬年愁
왕 거 귀 래 문 익 저　청 등 독 대 만 년 수

登廣寒樓　庚戌八月

銀河月殿廣寒樓
誰設帶方此地頭
烏鵲橋邊天女謠
瀛洲閣後雨雲游
春香遺烈傳今世
道令風流度幾秋
往去歸來聞益著
青燈獨對萬手愁

詩酒
시 주

<시와 술과 1970년 庚戌>

술이 없으면 잠시도 못 견디고
시(詩)를 아니하면 오래 평안하다.
술과 시는 아침 저녁으로 친구이지만
시(詩)는 괴로움이요 술은 넉넉해 좋으련

無酒須時病　不詩百日安
무 주 수 시 병　불 시 백 일 안

酒詩朝夕友　詩苦酒情寬
주 시 조 석 우　시 고 주 정 관

詩酒　　庚戌

無酒須時病
不詩百日安
酒詩朝夕友
詩苦酒情寬

酒樓即事
주 루 즉 사

<술집에서 느낀 대로 1970년 庚戌 十月 晦日 別除娘吟>

위아래 좌우로 누각이 연이어 즐비하고
슬픈 노래 애닮은 가락이 흐르는 어두운 시절인데도
집집마다 맛있는 술로 청춘을 구가하는 길바닥이요
곳곳마다 색주가로 불야성을 이룬다.
산발머리에 울긋불긋 도깨비 같은 모습에
예쁜 얼굴이 생긋 웃으면 달나라 항아인 듯
넋을 잃고 홀딱 빠져 정신없이 오고가지만
더러는 만나고 헤어짐도 신선 세계 인연이거니.

北閣南樓左右連 哀歌嘆唱太陰年
북 각 남 루 좌 우 연   애 가 탄 창 태 음 년

家家綠酒長春路 處處紅燈不夜廛
가 가 록 주 장 춘 로   처 처 홍 등 불 야 전

散髮彩裳冥府魅 畵眉皓齒月宮仙
산 발 채 상 명 부 매   화 미 호 치 월 궁 선

魂銷迷惑送迎醉 種種逢離方外緣
혼 소 미 혹 송 영 취   종 종 봉 이 방 외 연

酒樓即事　庚戌十月晦日　別陳娘吟

北閣南樓左右連
哀歌嘆唱太陰年
家家綠酒長春路
處處紅燈不夜塵
散髮彩裳冥府魅
画眉皓齒月宮儕
魂銷迷惑送迎醉
種種逢離方外緣

鷄贊
계 찬

<다섯 가지 덕이 있는 닭을 읊음 1970년 庚戌>

장태닭이 꼬끼요 하면 세상 닭이 모두 따라 운다.
오덕을 겸전했으니 때를 놓치지 않음이니
졸다가도 동녘이 밝으려할 때 새벽을 알리는
순임금의 무리이거니 속이는 법이 없다.

樊鷄喔喔世皆随　五德兼全不失時
번 계 악 악 세 개 수　오 덕 겸 전 불 실 시

坐睡司晨天曙頃　舜之徒也莫能欺
좌 수 사 신 천 서 경　순 지 도 야 막 능 기

雞讚　庚戌

樊鷄喔喔世皆隨
五德兼全不失時
坐睇司晨天曙頃
舜之徒也莫能欺

書生日事
서 생 일 사

<서생의 삶 檀紀4304年 辛亥 五月>

저기 오지리에 성명을 감추고
몸가짐을 조용히 길러 심성을 키웠다.
세상일을 잊은 이날에 정신은 평온하고
여러 해 나물 먹어 기미는 맑아졌다.
새벽부터 호숫가에 낯을 드리운 나그네요
저물면 숲으로 돌아와 책을 읽는 서생이라
세상이 찾지 않아 알아주는 이 적어도
인정을 원망 않고 후회 소리도 말라.

節彼梧枝隱姓名　儀容靜養與心成
절 피 오 지 은 성 명　의 용 정 양 여 심 성

忘機此日神精穩　食菜多年氣味淸
망 기 차 일 신 정 온　식 채 다 년 기 미 청

曉出湖邊垂釣客　暮歸林下讀書生
효 출 호 변 수 조 객　모 귀 림 하 독 서 생

世無三顧知者少　不怨人情勿悔聲
세 무 삼 고 지 자 소　불 원 인 정 물 회 성

* 氣味 : 감정이나 취향

節彼梧枝隱姓名
儀容靜養與心成
忘機此日神精穩
食菜多年氣味清
曉出湖邊垂釣客
暮歸林下讀書生
世無三顧知者少
不怨人情勿悔聲

梧秋
오 추

<오동잎 지는 가을날의 생각 1971년>

마침 가을철이 되었으니
서늘해진 곡성을 들러보게
더위 씻는 바람 언뜻 불어오고
장마 걷힌 뒤 처음 날이 갠다네.
의로운 선비는 평화를 기원하고
농부는 계절로 한해를 결산한다네.
부지런히 살아가는 곳이라 실업자가 없고
백년 이어가는 연정에 질매지지 말게나.

適遇梧秋節　新凉入穀城
적 우 오 추 절　신 량 입 곡 성

署收風乍颭　潦盡雨初晴
서 수 풍 사 힐　료 진 우 초 청

義士祈時和　耕夫候歲成
의 사 기 시 화　경 부 후 세 성

勤孜無墜業　莫負百年情
근 자 무 지 업　막 부 백 년 정

* 墜:地의 古字

梧秋　四三〇四年辛亥

梧秋節

適遇梧秋節
新涼入縠城
暑收風乍颭
潦盡雨初晴
義士祈時和
耕夫候歲成
勤孜無墮業
莫負百年情

紅燈游廓
홍 등 유 곽

<홍등가 1971년 辛亥>

들건대 술집에선 암수가 애를 태우며
생각도 뜻도 없이 그냥 즐길 수 있다 하네.
강산도 삼켰다 뱉었다 할 만하고
간드러진 애교로 서둘러 무쇠도 녹인다네.
제비족은 시장길 아낙을 꼬이고
사창가에선 여인과 눈이 맞으면
꼬드겨 돈을 뜯어가는 여우에게 홀리어
한밤에 들락날락 아침까지 그런다네.

聞道酒家牝牡焦　無思不志可平嘵
문 도 주 가 빈 모 초　무 사 부 지 가 평 요

須能咽吐江山小　迫促嬌嬈鐵石銷
수 능 인 토 강 산 소　박 촉 교 요 철 석 소

男寺弄奸誘市婦　女閭結和返鄕妖
남 사 농 간 유 시 부　여 려 결 화 반 향 요

迷人取貨如狐魅　子夜往還又早朝
미 인 취 화 여 호 매　자 야 왕 환 우 조 조

紅燈游廓　四三〇四辛亥

聞道酒家牝牡焦
無思不志可平嘵
須徙咽吐江山小
迫倨嬌嬈鐵石銷
男寺弄奸誘市婦
女閭結和返鄉妖
迷入取貨如狐魅
子夜往還又早朝

江邊有感
강 변 유 감

<강변에서의 느낌 檀紀4305年 壬子>

압록강에 새집을 지어
이로부터 송정이란 아름다운 이름이 되었다.
맹수들의 숲속에서 우짖음도 모른 채
차가운 샘물소리에 잠 못 이루고
어린 것도 선비의 자취를 좇았건만
부끄럽게도 속인 티를 면치 못 하누나.
좋은 밭 몇 이랑과 천권의 책이 있으니
밤낮으로 분발해서 나의 길을 찾으리라.

鴨綠江邊新屋成 松亭自此得佳名
압 록 강 변 신 옥 성　송 정 자 차 득 가 명

無醒猛獸深林吼 不寐寒泉半夜聲
무 성 맹 수 심 림 후　불 매 한 천 반 야 성

孺子依從高士躅 愧吾未免俗人情
유 자 의 종 고 사 촉　괴 오 미 면 속 인 정

良田數頃書千卷 夙夕憤然學古程
양 전 수 경 서 천 권　숙 석 분 연 학 고 정

江邊有感　　四〇五年季夏

鴨綠江邊新屋成
松亭自此得佳名
無醒登獸深林吼
不寐寒泉半夜聲
孺子依從高士躅
愧吾未免俗人情
良田數頃書千卷
風夕憤然學古程

有餘
유 여

<나머지 1972년 壬子>

푸른산 푸른 물에 자유로운 몸이라
풀피리 몇 곡조에 청춘을 다 보냈다.
저돌이 웃는 숲속이라 달력이 없어도
세상이 믿어주니 하늘 백성으로 늙어왔다.
뜻있는 친구들은 모두 멀리 돌아들 갔는데
산새들은 뭣도 모르고 저희들대로 살아간다.
힘써 분수를 지켜온 삶이 만족스러운데도
속세에 누가 알겠는가 내 참됨을 길러왔음을.

靑山綠水自由身 草笛數聲送三春
청 산 녹 수 자 유 신　초 적 수 성 송 삼 춘

笑彼林中未曆日 信余世上老天民
소 피 림 중 미 력 일　신 여 세 상 노 천 민

親朋有志皆歸遠 谷鳥無心自返親
친 붕 유 지 개 귀 원　곡 조 무 심 자 반 친

勤力守分生涯足 誰知俗地養吾眞
근 력 수 분 생 애 족　수 지 속 지 양 오 진

有餘　壬子

青山綠水自由身
草笛數聲送三春
笑彼林中未曆日
信余世上老天民
親朋有志皆歸遠
谷鳥無心自返親
勤力守分生涯足
誰知俗地養吾真

觀音曉鐘
관 음 효 종

<관음사 새벽종소리 檀紀4306年 癸丑 五月>

달빛 스러져가고 밤은 깊은데

멀리 구름에 가린 절이라 참으로 조용하다.

덧없이 살다 헛되이 늙어버린 허무한 어름에

성덕의 종소리 처량하게만 들린다.

月白殘光夜深濃　雲藏遠寺正從容
월 백 잔 광 야 심 농 　 운 장 원 사 정 종 용

浮生空老虛無際　疑是寒聲聖德鐘
부 생 공 로 허 무 제 　 의 시 한 성 성 덕 종

觀音曉鐘　四三〇六年癸丑

月白殘光夜深濃
雲藏遠寺正從容
浮生空老靈無際
疑是寒聲聖德鐘

大坪草笛
대 평 초 적

<한들 풀피리 檀紀4307年 甲寅 六月>

한들 동쪽에 순자강이 둘러있고
곳곳마다 채소밭에 주룩주룩 비가 내린다.
석양이 비낀 향긋한 둑길 위로
초동이 송아지를 몰아 피리 불며 돌아간다.

大野東頭鶉水環　蔬菁處處雨班班
대 야 동 두 순 수 환　소 청 처 처 우 반 반

長堤芳草斜陽路　牽犢樵童尋笛還
장 제 방 초 사 양 로　견 후 초 동 심 적 환

大坪草笛　四三〇七東甲寅六月

大野東頭鷁水環
蔬菁靄靄雨班班
長堤芳草斜陽路
牽狗樵童尋笛還

浴錦川
욕 금 천

<금천에서 멱 감다 檀紀4308年 乙卯>

드높이 우거진 들 정자나무 그늘도 푸르게 무성하고
공산에 둥근달이 지름길을 밝게 비춘다.
맑은 천(川)에서 몸 밖의 것까지 다 씻어내었으니
천년 늙지 않으리 항아의 정령이여.

深深野樹茂蔭靑　滿月空山照徑熒
심 심 야 수 무 음 청　만 월 공 산 조 경 형

滌盡淸川身外累　千秋不老素娥靈
척 진 청 천 신 외 루　천 추 불 로 소 아 령

浴錦川　四三〇八年乙卯

深々野樹茂蔭青
滿月空山照徑熒
滌盡清川身外累
千秋不老素娥靈

霜降
상강

<상강절에 檀紀4309年 丙辰>

강물에 막힌 산마을 찬 서리 내리고
세월이 바람에 놀라 고향을 생각한다.
한밤중 긴 하늘에 달의 넋이 떠있는데
찬 기러기 어느 곳에서 재촉하여 날아왔나!

山村水郭落寒霜　歲月翩驚思故鄕
산 촌 수 곽 낙 한 상　세 월 번 경 사 고 향

五夜長天浮素魄　寒鴻何處促飛翔
오 야 장 천 부 소 백　한 홍 하 처 촉 비 상

霜降　四三〇九年丙辰

山村水郭落寒霜
歲月翻驚思故鄉
五夜長天浮素魄
寒鴻何畏促飛翔

臨頭流峯
임 두 류 봉

<두류봉에 올라 丙辰>

백두산 한줄기 흘러내린 남녘땅
굽이굽이 높낮이로 머리 처든 곳
우람히 곤륜산을 눌러 하늘을 떠받치고
드높이 하늘나라에 신선놀이 서두른다.
맑은 날 가려 멀리 바라보며 아지랑이가 가물거리듯
오르막길 따라 정상에 서면 누각 위에 덩실 떠있는 것 같다.
시원스레 가슴을 풀어 헤치고 바람맞아 서 있으면
삼라만상이 눈앞에 들어온다.

頭流一脈落南州　屈曲高低地擧頭
두 류 일 맥 락 남 주　굴 곡 고 저 지 거 두

雄壓崑崙撐宙界　上超玉宇迫僲遊
웅 압 곤 륜 탱 주 계　상 초 옥 우 박 선 유

揀晴眺望渾如靄　隨嶝登臨汎似樓
간 청 조 망 혼 여 애　수 등 등 임 범 사 루

快披胷衿風溯立　森羅萬像眼前收
쾌 피 흉 금 풍 소 립　삼 라 만 상 안 전 수

* 僲:仙의 同字

臨頭流峯　四三〇九年丙辰

頭流一脈落南州

屈曲高低地舉頭

雄壓崑崙撐宙界

上超玉宇迴儷遊

揀晴眺望渾如霸

随燈登臨汎似樓

快披胷衿風溯立

森羅萬像眼前收

屠龍嘆
도 룡 탄

<용을 잡자했던 탄식 1977년 丁巳>

다섯 수레나 되는 책을 읽으며
집이 가난해도 마음 변치 아니했다.
눈을 비비며 침식을 잊은 채
곧게 앉아 촌음을 쪼개어 아까워한다.
용을 잡을 뜻을 품고 살았는데
록봉을 받은 것은 아무 것도 없다.
뜻을 못 이루고 머리만 하얗게 세었으니
붓을 던지고 숲속에 누워버렸다.

讀五車書盡　窮廬不變心
독 오 거 서 진　궁 려 불 변 심

括眸忘寢食　危坐惜分陰
괄 모 망 침 식　위 좌 석 분 음

已貢屠龍志　全無被祿金
이 공 도 룡 지　전 무 피 녹 금

未成頭皓白　投筆臥雲林
미 성 두 호 백　투 필 와 운 림

屠龍嘆　丁巳

讀五車書盡
窮廬不變心
括晬忘寢食
危坐惜分陰
已負屠龍志
全無被祿金
未成頭皓白
投筆臥雲林

客愁
객 수

<나그네의 시름을 노래하다 檀紀4310年 丁巳>

창밖엔 한밤인데 비가 내리고
하늘 끝 떠도는 나그네 잠 못 이루는데
차가운 등잔불 앞에 소식은 없고
멀리 절간에서는 종소리 들려온다.

窓外三更雨　天涯客不寢
창 외 삼 경 우　천 애 객 불 침

寒燈無所息　遠寺聞鐘撞
한 등 무 소 식　원 사 문 종 당

* 遠·遠의 同字
* 본문 서체에 쓰인 '잘 방'을 　寢으로 대신하다.

客愁

窗外三更雨
天涯客不寐
寒燈乙無所息
遠寺聞鐘撞

二〇一〇年　丁巳

可居洞
가 거 동

<살만한 동네 檀紀4311年 戊午>

지리산은 높고 높은 봉우리요

섬진강은 콸콸 흐른다.

그 속에 가득한 뜻이 있으니

이 밤에 다시 무엇을 구하리요.

智異岩岩嶂 蟾江滾滾流
지 리 초 초 장 섬 강 곤 곤 류

其中充滿意 此外更何求
기 중 충 만 의 차 외 갱 하 구

* 滾 : 滾의 同字

可居調　四三二年　戊午

智異峯峯嶂

蟾江滾滾流

其中充滿意

此外更何求

仲秋明月
중 추 명 월

<추석날 밝은 달 1979년 己未 仲秋節>

푸른 하늘을 빨았는지 티 없이 맑고
둥실 떠오른 달 그리매 그대로이다.
은하수는 까마득하게 한들 만리에 뻗어있고
가을바람 팔랑 불어 새로워진 누리이다.
시인은 이런 달밤을 좋아하지만
저 도둑놈들은 이런 새벽별을 싫어하리라.
저와 같이 차고 비우는 이치를 그대는 아는가
살아오며 돋은 흰머리에 정신이 번쩍 든다.

蒼空若濯淨無塵　突兀氷輪影影真
창 공 약 탁 정 무 진　돌 올 빙 륜 영 영 진

銀漢迢迢天萬里　金風獵獵地一新
은 한 초 초 천 만 리　금 풍 엽 렵 지 일 신

騷人最愛今宵月　盜黨可憎此曉辰
소 인 최 애 금 소 월　도 당 가 증 차 효 진

如彼盈虛君識否　生間白髮忽驚神
여 피 영 허 군 식 부　생 간 백 발 홀 경 신

仲秋明月　四三二年己未　仲秋節

蒼空若濯淨無塵
突兀冰輪影々真
銀漢迢々天萬里
金風獵々地一新
騷人最愛今宵月
盜竊可憎此曉辰
如彼盈虛君識否
生間白髮忽驚神

悔心歌
회 심 가

<뉘우치는 노래 1978년 戊午>

어려서 객지에 나가 살다가
뒤늦게 이룬 것 없음을 부끄러워하노니
덕(德)도 없이 인생의 끝에 와 있는데
은혜를 느껴도 애써 봉양도 못한다.
슬프구나! 불효스런 몸이여.
불쌍하구나! 정성조차 없으니
반포지효(反哺之孝)를 안다 해도
공양할 수 있으면서 왜 못하는가.

少時遊遠外　愧我晚未營
소 시 유 원 외　괴 아 만 미 영

闕德惟生極　感恩劬養輕
궐 덕 유 생 극　감 은 구 양 경

痛哉身不孝　悲兮自無誠
통 재 신 불 효　비 혜 자 무 성

反哺雖知子　供能豈未行
반 포 수 지 자　공 능 기 미 행

* 반포지효(反哺之孝):까마귀 새끼가 자라서 늙은 어미에게 먹이를 물어다 주는 효
　(孝)라는 뜻으로 자식이 자라서 어버이의 은혜에 보답하는 효성을 이르는 말.

悔心歌

少時遊遠外
愧我晚未營
顓德惟生極
感恩劬養輕
痛哉身不孝
悲兮自無誠
反哺雖知子
供能豈未行

四三二年　戊午

夏日即興
하 일 즉 흥

<여름날의 즉흥 檀紀4313年 庚申 夏>

여름날 철쭉이 만발한 초당의 뜰에
평상에 누워 부채질하며 낮잠을 즐긴다.
베개머리에 매미소리 꿈속에서도 듣기 좋고
주렴을 스쳐지나온 바람 옷 속까지 시원하다.
나뭇가지 위로 날아다니는 꽃 새들이 보기 좋고
숲 사이로 꾀꼬리만 앉아있다.
들에서 온 농사짓기에 잔손질도 많을 텐데
점심시간이 가까웠는지 점심을 나른다.

夏日草堂躑躅庭　臥牀揮扇書眰亭
하 일 초 당 척 촉 정　와 상 휘 선 서 순 정

蟬聲枕聞夢中好　簾度風來帶裏冷
선 성 침 문 몽 중 호　렴 도 풍 래 대 리 냉

枝上喜看飛紫鳥　林間惟有坐黃鶯
지 상 희 간 비 자 조　임 간 유 유 좌 황 앵

營農野外多煩雜　近午饁搬各奔行
영 농 야 외 다 번 잡　근 오 엽 반 각 분 행

* 초고의 제목대로 夏日即興을 사용

夏日即事　四三二三年庚申夏

夏日草堂躑躅庭
臥牀揮扇晝眠亭
蟬聲枕間夢中好
簾度風來帶裏泠
枝上喜看飛紫鳥
林間惟有坐黃鸎
營農野外多傾雜
近午饁搬各奔行

壽星堂韻
수 성 당 운

<수성당을 읊다 1980년 庚申>

천덕산 응달 옷갓마을에
수성당 당호는 먼 고사에서 연유한 것이다.
동쪽 창해 위에 부상의 길을 바라보고
서쪽으로 황하 저쪽 약목의 언덕을 바라보다
만리 잇대 인 간절한 정의도 사흘 꿈이요
천년의 인연으로 만남도 두어 밤의 유희일 뿐이다.
뜰 가득한 신령한 영초로 청춘이 길어지리니
여기가 명승지인 호남의 제일 누각이로다.

天德山陰梧洞頭　壽星堂號遠方流
천 덕 산 음 오 동 두　수 성 당 호 원 방 류

東覿蒼海扶桑路　西望黃河若木丘
동 위 창 해 부 상 로　서 망 황 하 약 목 구

萬里慇懃三日夢　千年邂逅再宵遊
만 리 은 근 삼 일 몽　천 년 해 후 재 소 유

滿庭靈草春長在　勝地湖南第一樓
만 정 령 초 춘 장 재　승 지 호 남 제 일 루

壽星堂韻　庚申

天德山陰梧洞頭
壽星堂際遠方流
東覩蒼海扶桑路
西望黃河若木丘
萬里慇懃三日夢
千年邂逅弄宵遊
滿庭靈草春長在
膝地湖南第一樓

生朝述懷
생 조 술 회

<생일날 회포를 쓰다 檀紀4314年 辛酉 夏>

안타까울 손 백발이 된 나이여
평생 오복 중에 장수를 으뜸으로 여겼다.
풍류의 우아한 경지를 지금처럼 한다면
즐거운 인간살이 자연을 얻으리라.
불효막심한 죄업의 벌거벗은 몸인데
추슬러 덕을 기르는 태평한 신선이라니
내게 본래 화평한 즐거움을 누리지 못했는데
하물며 인연이 적은 것을 애타게 그리워하랴.

最惜安身白髮年　平生五福壽稱先
최 석 안 신 백 발 년　평 생 오 복 수 칭 선

風流儒雅今如許　快樂人間得自然
풍 류 유 아 금 여 허　쾌 락 인 간 득 자 연

罪莫重於亡孝輞　存心養德太平仙
죄 막 중 어 망 효 곡　존 심 양 덕 태 평 선

吾無本是娛和愷　況余眷眷少相緣
오 무 본 시 오 화 개　황 여 권 권 소 상 연

生朝述懷　四三二四年辛酉春

最惜安身白髮卑
平生五福壽稱先
風流儒雅今如許
快樂人間得自然
罪莫重於亡孝胴
存心養德太平仙
吾之無本是蝦和愷
況余耆耆少相緣

愛吾廬
애 오 려

<나의 오두막집을 사랑한다 1981년 辛酉>

비 내리는 첩첩산중에
내 사는 초가집은 두 세 칸인데
뜰엔 오동나무 무척이나 자랐다.
샘돌은 몇 번이나 돌아 굴렀을까
구름은 하얗게 잔잔한 바람을 뒤쫓고
등나무 하얗게 반달을 휘감고 있다.
곧바로 여기에 터를 잡아
나머지 백년의 한가함을 얻었다.

重疊靑山雨　吾廬二三間
중 첩 청 산 우　오 려 이 삼 간

庭梧高九尺　泉石轉幾環
정 오 고 구 척　천 석 전 기 환

雲白靜風躡　藤靑半月樊
운 백 정 풍 섭　등 청 반 월 번

飜然占此地　剩得百年閑
번 연 점 차 지　잉 득 백 년 한

愛吾廬

四三一四年辛酉

重疊青山雨
吾廬二三間
庭梧高九尺
泉石轉幾環
雲白靜風颸
藤青半月樊
翻然占此地
剩得百年閑

夏日即事
하 일 즉 사

<여름날 즉흥 1981년 丁丑 推稿>

초당의 여름날 은행나무 그늘진 뜰에
와상에 부채질하며 낮잠을 자면
귓가에 들려오는 매미 노래가 좋고
이웃집 보리타작 소리도 들린다.

草堂夏日杏蔭庭　揮扇臥牀午睡亭
초 당 하 일 행 음 정　휘 선 와 상 오 수 정

入耳蟬歌惟好我　枕聞鄰家打麥聲
입 이 선 가 유 호 아　침 문 인 가 타 맥 성

夏日即事　　丁丑推稿

草堂夏日杏蔭庭
揮扇臥牀午睡亭
入耳蟬歌惟好我
枕聞鄰家打麥聲

花開藥水
화 개 약 수

<화개의 약수를 마시며 1981년>

달빛 어린 산중의 오랜 별천지
이곳을 내가 찾은 지 오래되었다.
지나온 길 쌍계의 시내에 약수가 있어
한 바가지 떠 마셔보니 그래 이 맛이야!

帶月山中古洞天　我來此地已多年
대 월 산 중 고 동 천　아 래 차 지 이 다 년

過程藥水雙溪澗　一瓟通咽果是鮮
과 정 약 수 쌍 계 간　일 박 통 인 과 시 선

花開藥水

帶月山中古洞天
我來此地已多年
過程藥水雙溪澗
一砲通咽果是鮮

殘燈熬夜
잔 등 오 야

<가물거리는 등잔불이 애타는 밤 1981년 癸亥>

등잔불 가물대는 한밤 외로운 꿈을 꾸고
수입도 없는 가난한 서생(書生)일 뿐이다.
하늘같은 부모 은혜 갚을 수도 없으니
고해인 생을 버리고 싶어 멀리 떠나려는가.
머릿속에선 보풀보풀 실검불이 얼크러졌고
부러움에 바들바들 좁쌀처럼 작아진다.
무슨 일로 사서 깊은 생각에 빠지는가!
가슴 뛰는 번뇌 속에 새벽으로 맞이한다.

殘燈子夜夢孤飛　無祿書生一布衣
잔 등 자 야 몽 고 비　무 록 서 생 일 포 의

未報親恩深不測　欲捐苦海遠離依
미 보 친 은 심 불 측　욕 연 고 해 원 리 의

浮浮腦裏千絲亂　慄慄愧吾一票徵
부 부 뇌 리 천 사 난　속 속 괴 오 일 표 징

何事營求思益邃　煩憂躍臆對曙暉
하 사 영 구 사 익 수　번 우 약 억 대 서 휘

凡山歸韻　權滉燮　　　梧泉歸韻　趙仁顯

春中芳草雨　　　　　　碧梧千年翠

晴翠接凡山　　　　　　醴泉四季春

老外常風雅　　　　　　鳳鳴高躅覆

生涯有溢閒　　　　　　凰舞飲清真

<白齊漢詩集 初稿本>

書與酒
서 여 주

<글씨와 술과 1981년 辛酉>

마파람에 화창한 날이면
벼루에 먹을 갈아 글 한 폭을 써내고
술 익은 방안에 향기 가득하거니
백통의 막걸리를 주거니 받거니 취해본다.

熏風和暢際 對硯一揮毫
훈 풍 화 창 제　　대 연 일 휘 호

酒熟香盈室 應酬百桶醪
주 숙 향 영 실　　응 수 백 통 료

書與酒　辛酉

熏風和暢際
對硯一揮毫
酒熟香盈宅
應酬百桶醪

隱居
은 거

<숨어 살며 1982년 壬戌>

조용히 숨어서 홀로 사노니
모두가 설익은 세상이라 구름 따라 멀리 떠돌았다.
나물 먹고 물마시고 팔베개로 누웠어도
우주의 섭리를 찾고 있음을 누가 알랴!

隱居孤單靜寂中　伴雲遠遁世皆蒙
은 거 고 단 정 적 중　반 운 원 둔 세 개 몽

飮蔬肱枕手隨卷　誰識斯間索道功
음 소 굉 침 수 수 권　수 식 사 간 색 도 공

隱居孤單靜寂中
伴雲遠遁世皆蒙
飲蔬肱枕手隨卷
誰識斯間索道功

鶉子江
순 자 강

<순자강에서 1982년 壬戌>

진안에서 발원한 강물은 옥출산을 지나서
옥과를 경과하여 군을 빙 둘러 에워쌌다.
넘실넘실 천리를 흘러가고
굽이굽이 백구비로 쌓였다.
강호에 사는 요즘 바다만큼 확 트인 가슴이요
산야에 노니는 오늘은 뜻한 바가 한가롭다.
세상은 변해버려 물을 곳도 없으니
천지간에 떠도는 좁쌀 같은 인생이여.

源出鎭安歷玉山　果支經過抱郡還
원 출 진 안 력 옥 산　과 지 경 과 포 군 환

洋洋有際逕千里　曲曲無窮累百彎
양 양 유 제 경 천 리　곡 곡 무 궁 누 백 만

江湖當年胸海闊　山林此日志機閒
강 호 당 년 흉 해 활　산 림 차 일 지 기 한

桑田碧海問何處　粟粒浮生天地間
상 전 벽 해 문 하 처　속 립 부 생 천 지 간

鵝子江 四二五年壬戌

源出鎮安歷玉山
果支經過抱那還
洋々有際泝千里
曲々無窮累百彎
江湖當年胸海闊
山林此日志機閒
桑田碧海問何處
粟粒浮生天地間

狂酌
광 작

<미친 듯이 마시며 1984년 甲子>

매일같이 삼백배의 술잔을 기울이며
취해 쓰러진 나를 어떻게 데려왔는가!
마음 놓은 간덩이는 크기가 한 섬과 같아서
실성한 영혼은 잿더미와 가까우리.
진즉에 멀어진 무량한 군자의 자질이라
나의 한계는 겨우 소인의 재목에 불과했다.
그런 속에도 붓을 잡아 시(詩) 나부랭이를 짓고
깨어난 뒤 번민하고 걱정하니 가소로운 일 아닌가.

每日須傾三百杯 何如倒醉佐吾來
매 일 수 경 삼 백 배 　 하 여 도 취 좌 오 래

放心肝膽丕如石 失性靈魂近似灰
방 심 간 담 비 여 석 　 실 성 영 혼 근 사 회

旣遠無量君子器 亦宜有限小人才
기 원 무 량 군 자 기 　 역 의 유 한 소 인 재

然中執筆或題詠 醒後煩憂可笑哉
연 중 집 필 혹 제 영 　 성 후 번 우 가 소 재

狂酌　四三一七年甲子

每日須傾三百杯
何如倒斛佐吾來
放心肝膽歪如石
失性靈魂亦似灰
既遠無量君子器
亦宜有限小人才
然中執筆或題詠
醒後傾憂可笑哉

秋懷
추 회

<가을의 시름 1984년 甲子>

희끗희끗 흰머리가 거울 속에 아른거리고
눈앞이 황량함에 수심을 떨칠 수 없다.
늙은 잣나무 푸릇푸릇 산봉우리와 같고
을씨년스런 폐허엔 반달이 뜬 가을이다.
깊은 시름 떨쳐버리려고 좌를 불어보고
시정을 못 이겨 옛 술집을 싸다녀본다.
만사는 여유롭기 민물과도 같으니
거문고 끼고 해 저문 강가를 홀로 걷는다.

蕭蕭白髮鏡中流　滿目荒凉不勝愁
소 소 백 발 경 중 류　만 목 황 량 불 승 수

老柏蒼蒼疑是岫　廢墟寂寂半輪秋
노 백 창 창 의 시 수　폐 허 적 적 반 륜 추

深憂消遣始吹笛　淸興逍遙舊酒樓
심 우 소 견 시 취 적　청 흥 소 요 구 주 루

萬事惟餘如淡水　携琴獨步暮江頭
만 사 유 여 여 담 수　휴 금 독 보 모 강 두

秋懷　丁卯

蕭蕭霜枝深
白髮鏡中翁
皓月揚千里
金風動百鐘
吟興恐還苦
醉愁恐盈囊
悲秋末何早
空歎兩鬢霜

佛日瀑布
불 일 폭 포

<1985년 乙丑 夏>

지리산 속 뿌옇게 흩날리는 폭포인데
몇 사람이나 마음의 수심을 씻어냈던고
드높고 넓은 산자락이 금강을 압도하고
깊은 골은 별천지다 파촉(巴蜀)에서 노닌 듯하다.
더위 가신 시원한 골짜기라 신선이 노니는 곳이거니
몸과 마음을 정결히 하여 도심을 닦으리라.
하늘로 날아내리 쏟아지는 폭포 천여 장이요
해동에서 번뜩이며 줄기차게 흐른다.

智異山中飛白湫　幾多行客洗胷愁
지 리 산 중 비 백 추　기 다 행 객 세 흉 수

嵯峨旁礴金剛壓　深邃別區巴蜀游
차 아 방 박 금 강 압　심 수 별 구 파 촉 유

滌署納凉仙息處　清肝淨肺道心修
척 서 납 량 선 식 처　청 간 정 폐 도 심 수

飛天直下千餘丈　汎汎海東滾滾流
비 천 직 하 천 여 장　팔 팔 해 동 곤 곤 류

* 巴蜀:파군과 촉군 지금의 사천성(四川省) 산이 높고 험한데다 한없이 넓고
　　　우람한 곳으로 신선이나 살만한 곳
* 旁礴:한없이 넓은 모양 / * 嵯峨:산이 높고 험함
* 飛白湫:물이 쏟아져 내리며 하얗게 물보라가 이는 모양

佛日瀑布　　四三一八年乙丑夏

智異山中飛白湫
幾多行客洗閭愁
嵯峨旁磚金剛壓
深邃別區巴蜀游
滌暑納涼仙息夐
清肝淨肺道心修
飛天直下千餘丈
汎汎海東滾滾流

草洞信宿
초 동 신 숙

<通明草洞信宿 八月二日 乙丑>

통명산 아래 초정가
푸르스름한 술병 속에 별천지가 있구나.
늙은 몸이 신선과 나란히 옥돌 베개 밀어내고
이 몸은 꿈속에서 천년을 끌어 살리라.

通明山下草亭邊 綠翠壺中別有天
통 명 산 하 초 정 변　녹 취 호 중 별 유 천

老叟伴仙推玉枕 在身夢裏引千年
노 수 반 선 추 옥 침　재 신 몽 리 인 천 년

草洞信宿　乙丑

通明山下草亭邊
綠翠壺中別有天
老叟伴仙推玉枕
在身夢裏引千年

穀城
곡 성

<곡성 1985년 乙丑>

동악산은 울창하고 드높은데
순자강 경계 따라 싸고 흐른다.
인심은 순박하고 후덕하니
이 이상 무엇을 더 구하랴.

動樂嵯峨巀　鶉江抱郭流
동 악 차 아 울　순 강 포 곽 류

人心淳又厚　以上曷加求
인 심 순 우 후　이 상 갈 가 구

轂城

動樂嵯峨巘
鵝江抱郭流
人心溥又厚
以上曷加求

望鄉吟
망 향 음

<고향을 그리워하며 1985년 乙丑>

방랑하는 신세가 어떠하던가.
수년을 떠도는 나그네라 어려움도 많았지
옥상에 올라 멀리 고향을 바라보면
고향 하늘 노을 그림자가 절로 오붓하대나.

放浪歲月遂如何　漂客累年辛苦多
방 랑 세 월 수 여 하　표 객 누 년 신 고 다

竟上高樓南望遠　鄕天霞影自旋和
경 상 고 루 남 망 원　향 천 하 영 자 선 화

望鄉吟　乙丑

放浪歲月遂如何
漂客景年辛苦多
竟上高樓南望遠
鄉天霞影自旋和

長丞
장 승

<1984년>

길가에 얼마나 오래 서 있었을까
눈비 맞아가며 피하려 들지 않는다.
오고가는 나그네 사연들 이사
하늘 향해 웃고 있을 뿐 끝내 알 수 없어라.

路邊久立幾多時　雨雪寒風不避危
노 변 구 입 기 다 시　우 설 한 풍 불 피 위

往去歸來行旅說　天空向笑竟無知
왕 거 귀 래 행 려 설　천 공 향 소 경 무 지

長丞

路邊久立幾多時
雨雪寒風不避危
往古歸來行旅說
天空向笑竟無知

除夜吟
제 야 음

<그믐밤에 1986년 丙寅>

만만한 인생살이 마흔 여덟 살
조심조심 살면서 하늘 원망 아니 했다.
푸른 솔은 늙지 않고 해마다 푸른데
무정한 백발(白髮)은 날로 세어만 간다.
쓰고 달고 인생살이 길고 짧은 가운데
황당한 세상사 시비도 많은데
가난해도 그런대로 새해를 맞이하며
계산 없는 술김에 밤새 신선이었다.

碌碌浮生六八年　臨深履薄不怨天
녹 록 부 생 육 팔 년　임 심 리 박 불 원 천

靑松不老年年綠　白髮無情日日鮮
청 송 불 로 연 년 록　백 발 무 정 일 일 선

苦樂生涯長短裏　荒唐世事是非邊
고 락 생 애 장 단 리　황 당 세 사 시 비 변

寒而爲化迎新歲　勿計酒中盡夜儒
한 이 위 화 영 신 세　물 계 주 중 진 야 선

除夜吟 四三一九年 丙寅

碌碌浮生六八年
臨深履薄不怨天
青松不老年年綠
白髮無情日日解
苦樂生涯長短裏
荒唐世事是非邊
寒而為化迎新歲
勿計酒中盡夜儺

元旦
원 단

<초 하루날 1987년 丁卯>

천지는 변함없이 해마다 그대로여서
산에 사는 몸이라 해가 바뀌어도 천기를 모른다.
하루살이를 보고 날씨를 알고
계절은 철새들이 전해준다.
세상사 돌고 도는 것은 주기가 있고
인정이 뒤바뀌는 것은 돈 없음일레라.
초가삼간이라도 단정한 옷차림을 즐기며
뜬구름 인생을 거꾸로 살아도 스스로 신선이다.

不老乾坤歲歲連　山棲寒盡不知年
불 로 건 곤 세 세 연　산 서 한 진 부 지 년

雲風但識蜉蝣視　凉署每知候鳥傳
운 풍 단 식 부 유 시　량 서 매 지 후 조 전

世事循環真有期　人情翻覆必無錢
세 사 순 환 진 유 기　인 정 번 복 필 무 전

數間茅屋端衣嗜　逆旅浮生自爲僊
수 간 모 옥 단 의 기　역 여 부 생 자 위 선

元旦　四三〇系丁卯

不老乾坤歲歲連
山棲寒盡不知年
雲風但識浮蟻視
涼暑每知候鳥傳
世事循環真有期
人情飜覆必無錢
數間茅屋端衣嗜
逆旅浮生自為儔

歲雪
세 설

<정월에 눈이 내림 1987년 丁卯>

세후이 강산은 호젓이 잠겨 있고
한자 남짓 쌓인 눈이 모든 길을 묻어버렸다.
하늘은 꽁꽁 얼어붙어 사람 자취도 없고
땅에는 비바람 소리인가 발자국 소리로 들린다.
달빛어린 창엔 덜컹덜컹 바람이 일고
외로운 등불 도란도란 밤을 속삭인다.
지금 같은 세상은 혼란스럽기는 하지만
그냥 이대로 백대(百代)를 이어가며 정이나 변치말자.

歲後江山淪肅淸　尺餘積雪瘞千程
세 후 강 산 륜 숙 청　척 여 적 설 예 천 정

天氣冽冽人蹤滅　地氣肅肅擬踏聲
천 양 열 렬 인 종 멸　지 기 숙 숙 의 답 성

素魄寒窓風打打　靑燈細話夜譚譚
소 백 한 창 풍 타 타　청 등 세 화 야 녕 녕

如今世事多渾亂　莫變從來百代情
여 금 세 사 다 혼 란　막 변 종 래 백 대 정

歲雪　丁卯

歲後江山淪肅清
尺餘積雪靉千程
天氣冽冽人蹤滅
坤氣蕭蕭擬踏聲
素魄寒窗風打打
青燈細話夜讙讙
如今世事多渾亂
莫嘆從求百代情

秋日懷詞
추 일 회 사

〈가을날의 감회 1987년 丁卯〉

쓸쓸히 깊어가는 가을밤
백발은 거울 속에 어른거린다.
하얀달은 천리에 떠오르는데
가을바람 온누리에 종을 울린다.
시흥(詩興)은 떠올라도 쓰거운 시름이라
취한 수심이 시첩(詩帖)에 쌓일까 두렵다.
서글픈 가을은 어찌 그리 일찍 찾아왔는가!
서리 낀 귀밑머리에 허탈할 뿐이다.

蕭蕭霜夜深　白髮鏡中旁
소 소 상 야 심　백 발 경 중 방

皓月揚千里　金風動百鐘
호 월 양 천 리　금 풍 동 백 종

吟興思還苦　醉愁恐盈囊
음 흥 사 환 고　취 수 공 영 낭

悲秋來何早　空歎兩鬢霜
비 추 래 하 조　공 탄 양 빈 상

秋懷　丁卯

蕭蕭霜葉深
白髮鏡中翁
皓月揚千里
金風動百鐘
吟興思還苦
醉愁恐盈囊
悲秋末何早
空歎兩鬢霜

初雪
초 설

<첫눈 檀紀4320年 丁卯>

산에는 낙엽이 지고 가지엔 눈꽃
천지의 조화 속은 절묘하고 기이하다.
늦빠른 동서양이라도 굽힘이 없고
차고 빈 일월의 섭리를 그 누가 알겠는가.
좋은 땅 찾아 나서면 구름이 노니는 곳이요
이슬이 엉길 때면 난간에 앉아 하늘을 바라본다.
오가며 무엇을 얻었던가!
신령스런 기운 도는 곳 나의 시(詩)가 있다.

千山葉落雪花枝　造化乾坤最絶寄
천 산 엽 락 설 화 지　조 화 건 곤 최 절 기

緩速東西相不屈　盈虛日月孰能知
완 속 동 서 상 불 굴　영 허 일 월 숙 능 지

行程索地雲游處　坐檻觀天露凝時
행 정 색 지 운 유 처　좌 함 관 천 로 응 시

往去歸來何消得　旋中靈氣我留詩
왕 거 귀 래 하 소 득　선 중 영 기 아 류 시

初雪　四三二○年丁卯

千山葉落雪花枝
造化乾坤最絕奇
緩速東西相不屈
盈虛日月孰能知
行程索坎雲游憂
坐檻觀天露凝時
往去歸來何所得
旋中靈氣我留詩

月窓深懷
월 창 심 회

<달빛어린 창가에서 감회를 씀 1987년 丁卯>

거슬러 떠도는 인생 노을마저 희미한데
비 개인 창엔 대(竹) 그림자 달빛이 흔들리다
언제쯤 손자와 오자의 계책을 잘 써서
청한한 도골선풍(道骨仙風) 지상 선(仙)이 될까나.

逆旅浮生薄暮烟　晴窗竹影月搖邊
역 여 부 생 박 모 연　청 창 죽 영 월 요 변

何時善用孫吳策　道骨淸閑地上僊
하 시 선 용 손 오 책　도 골 청 한 지 상 선

* 도골선풍 : 신선과 같은 기질이나 풍채

月窗深懷　丁卯

逆旅浮生薄暮烟
晴窗竹影月搖邊
何時善用孫吳策
道骨清閑坤上僲

老懷
노 회

<늙어서의 느낌 1988년 戊辰>

오곡엔 미치광이가 산다.
자칭 흰 것을 고르는 늙은이란다.
속세인지 끝내 몰랐으니
내 바로 신선 꿈을 꾸었나보다.

梧谷存狂客　自稱白齊翁
오 곡 존 광 객　자 칭 백 제 옹

風塵終不覺　我是一仙夢
풍 진 종 불 각　아 시 일 선 몽

老懷　卅一年戊辰

梧谷存狂客
自稱白齋翁
風塵終不覺
我是一仙夢

淸流洞灘湫
청 류 동 탄 추

<청류동폭포를 지나며 1988년 戊辰>

하얀 안개 속에 푸른 숲이라 별유천지요
청류동폭포는 큰 샘이 되었다.
높은 데로 올라 푸른 하늘을 보면 텅 비어 끝이 없고
단구 깊숙이 찾아드니 신선이 있을 뿐이라
산문에 애기사슴 손님을 마중하고
지나가는 골짝 어름에 바람으로 배불린다.
언제나 도사가 없으니 어느 곳에 돌아갈거나!
오래 돌아오지 않으니 더욱 쓸쓸할 뿐이다.

霧白林靑別有天　淸流瀑布自成泉
무 백 림 청 별 유 천　청 류 폭 포 자 성 천

登高碧宇虛無涯　尋邃丹丘只有仙
등 고 벽 우 허 무 애　심 수 단 구 지 유 선

到客山門迎麞鹿　過人谷口飽風煙
도 객 산 문 영 조 록　과 인 곡 구 포 풍 연

恒存道士歸何處　竟作未歸益悵然
항 존 도 사 귀 하 처　경 작 미 귀 익 창 연

清流洞灘漱　四三一年戊辰

霧白林青別有天
清流瀑布自成泉
登高碧宇雲無涯
尋邃丹丘只有仙
到客山門迎麈鹿
過人谷口飽風煙
恒存道士歸何處
竟作未歸益悵然

秋愁
추 수

<가을 시름 1988년 戊辰>

소쩍새 천년을 울어대는 수심에 묻힌 밤
문은 열렸어도 떠도는 세월 몇 해던가.
올해도 봄을 잊은 설움일 뿐
달빛 밝은 빈산인데 수심을 털고 일어나자.

杜魄千年半夜愁　開關落度幾爲秋
두 백 천 년 반 야 수　개 관 락 도 기 위 추

今玆只恨春光失　明月空山奮振憂
금 자 지 한 춘 광 실　명 월 공 산 분 진 우

秋愁　　戊辰

杜魄千年未夜愁
開關落度幾為秋
今茲只恨春光失
明月空山奮振憂

醉翁日記
쉬 옹 일 기

<취해 사는 늙은이의 일상을 씀 1988년 戊辰>

매일같이 얼마를 마셔댔는지
술잔 속에 세월 가는 줄 몰랐다.
취하면 석양 볕 아무데나 자빠져 잠들고
죽살이로 남은 잔을 밤새도록 마신다.

每每日飮忘量酸　不覺醺中歲月流
매 매 일 음 망 량 수　불 각 상 중 세 월 류

醉臥斜陽無別席　死生殘酌五更頭
취 와 사 양 무 별 석　사 생 잔 작 오 경 두

醉翁日記

每每日飲忘量酸
不覺醺中歲月流
醉臥斜陽無別席
死生殘酌五更頭

登頭流
등 두 류

<지리산에 올라 1988년 戊辰>

오추의 칠월에 영산 지리산을 오르노니
구불구불 험한 코스를 지나 좁은 길에선 한가롭다.
피로한 다리를 그늘 진 곳에서 잠시 쉬기도 하고
땀에 젖은 얼굴을 격류에서 씻기도 한다.
지금 성스러운 고개에서 진객을 찾노니
어느 누가 묵은 학문을 다듬었던가.
구름 속을 헤쳐 갈수록 한치 앞이 어리하고
연기 같은 깊은 안개에 옷깃이 젖어온다.

梧秋七月走靈山　涉險逶迤陜路閑
오 추 칠 월 주 영 산　섭 험 위 이 합 로 한

勞足蹔休蔭降處　汗顔或洗激流間
노 족 잠 휴 음 강 처　한 안 혹 세 격 류 간

今于聖嶺探眞客　古塚誰家伐草菅
금 우 성 령 탐 진 객　고 총 수 가 벌 초 관

漸入雲中迷咫尺　如烟深霧漬衣般
점 입 운 중 미 지 척　여 연 심 무 지 의 반

登頭流　戊辰

仲秋七月走靈山
涉險邊迤陝路閑
勞足蹔休薩降豪
汗顏或洗激流間
今于聖嶺探真容
古塚誰家伐草菅
漸入雲中迷咫尺
如烟深霧漬衣斑

鴨綠江頭吟
압 록 강 두 음

<압록강에서 읊음 1988년 戊辰 孟秋>

압록강에서 내 입술을 적시우리니
마음껏 술을 사서 퍼마실 수 있음이다.
고운 모래 하얀 자갈 언제나 그런 포구요
푸른 물 푸른 산 예와 다름없는 나루로다.
만대에 떠도는 인생 한갓 꿈일 테고
천년 무아지경이란들 언제나 신 꿈일 테다.
해묵은 시름일랑 푸른 물에 씻어내자
본다부터 사람은 늙지 않는다 했거니.

鴨綠江頭潤我脣　放心沽酒執杯親
압 록 강 두 윤 아 순　방 심 고 주 집 배 친

明沙白石恒然浦　綠水靑山依舊津
명 사 백 석 항 연 포　록 수 청 산 의 구 진

萬世浮生皆一夢　千年沒我再三呻
만 세 부 생 개 일 몽　천 년 몰 아 재 삼 신

蒼波洗淨久懷欝　天下元來無老人
창 파 세 정 구 회 울　천 하 원 래 무 노 인

鴨綠江頭吟　　戊辰 孟秋

鴨綠江頭潤我脣
放心沽酒執杯親
明沙白石恒然浦
綠水青山依舊津
萬世浮生皆一夢
千年沒我更三呻
蒼波洗淨久懷鬱
天下元來無老人

自嘆
자 탄

<절로 탄식함 1988년>

인생 육십에 어지럽고 멍멍한데
냇가에 취해 쓰러져서 달그림자에 녹아든다.
뜻을 못 이루고 잘못 어려워져서
흰머리를 탄식한들 황혼의 꿈마저 저물거늘.

人生六十混濛中　醉倒川邊月影融
인 생 육 십 혼 몽 중　취 도 천 변 월 영 융

不遇靑雲差一危　堪嘆白首暮霞夢
부 우 청 운 차 일 위　감 탄 백 수 모 하 몽

自嘆　戊辰

人生六十混濁中
醉倒川邊月影融
不遇青雲羞一危
堪嘆白首暮霞夢

晩次鴨綠朴生家題鴨綠歸帆
만 차 압 록 박 생 가 제 압 록 귀 범

<압록 박생 집에서 하룻밤을 자다 1988년 戊辰>

두 강이 합하여 섬진강이 되었으니
하얀돌 고운 모래로 띠를 두른 물가로다.
고요한 산천에 돌아오는 배 그림자
잔잔한 물결 넓게 출렁이며 흘러 해맑다.

兩江合綠爲蟾津　白石明砂一帶濱
양 강 합 록 위 섬 진　백 석 명 사 일 대 빈

寂寞山川歸帆影　蒼波浩潤漲流新
적 막 산 천 귀 범 영　창 파 호 활 창 류 신

晚次鴨綠朴生家題鴨綠歸帆
戊辰

雨江合綠爲蟾津

白石明砂一帶濱

寂寞山川歸帆影

蒼波浩澗漲流新

老姑壇有感
노 고 단 유 감

<노고단에서의 느낌 1988년>

신선 꿈을 꾸고자 진즉에 돌아왔노라

반야봉 아침 노을이사 참으로 신의 무늬로구나.

티끌 속의 어제는 번뇌도 많았거니

곤한 나그네 회포는 접어두고 세상사를 잊었노라.

正欲仙眠已作還　朝霞般若是神班
정 욕 선 면 이 작 환　조 하 반 약 시 신 반

塵中昨日多煩惱　困客卷懷忘世間
진 중 작 일 다 번 뇌　곤 객 권 회 망 세 간

老姑壇有感

正欲仙眠已作還
朝霞腰若是神班
塵中昨日多傾惱
困客卷懷忘世間

觀順天灣候鳥
관 순 천 만 후 조

<순천만에서 철새들을 바라보며 戊辰 冬 旅順天大垈洞>

삼산엔 절반이나 떨어져 나간 봉우리하나
이수는 중간에서 만나 아홉 구비 흐른다.
바닷가로 평야가 잇대어 없는 것 없는 곳인데
철새들 날아들어 신선이 사는 곳 되었도다.

三山半落一峯頭　二水中逢九曲流
삼 산 반 락 일 봉 두 　 이 수 중 봉 구 곡 류

海浦坪丘皆具有　翺翔候鳥得仙州
해 포 평 구 개 구 유 　 고 상 후 조 득 선 주

觀順天灣候鳥

三山平落一峰頭
二水中逢九曲流
海浦坪丘皆具有
翱翔候鳥得仙川

戊辰冬 於順天大坌洞

老姑壇有感 二絶
노 고 단 유 감   이 절

<노고단에서의 느낌 1989년 己巳 游山時>

한줄기 시냇빛이 온 산에 퍼져오듯
구름 속 고사에 밤이면 찾아오는 신선이 있다.
싱그러이 바람 불어 달이 뜨면 버들피리를 불고
고요한 층계 앞에 새들과 같이 잠이 든다.

一影溪光百璋傳　雲中古寺夜來僊
일 영 계 광 백 장 전　운 중 고 사 야 래 선

祥風霽月吹楊笛　靜寂階前鳥與眠
상 풍 제 월 취 양 적　정 적 계 전 조 여 면

老姑壇有感二絕 四三二二年乙巳 游山時

一影溪光百嶂傳

雲中古寺夜未儔

祥風霽月吹楊笛

靜寂階前鳥與眠

老姑壇有感 其二
노 고 단 유 감 기 이

골짜기 가득한 구름 속에 떠오르는
반야봉 노고단엔 눈이 소복이 쌓여있다.
강산의 경치라는 것이 어느 것이 진실일까
한가로이 잘 노니는 나를 비웃지 말라.

滿壑雲霓忽忽浮　老姑般若雪陳頭
만 학 운 홍 홀 홀 부　노 고 반 야 설 진 두

江山景槪何真是　莫笑閑人獨善游
강 산 경 개 하 진 시　막 소 한 인 독 선 유

其二

滿臺雲霧忽忽浮
老姑般若雪陳頭
江山景概何真是
莫笑閑人獨善游

游永守亭
유 영 수 정

<1989년 己巳>

동악산에 이는 바람 한들로 퍼져 가면
청산에 노을 질 때 향음 주례 잔치한다.
육십년을 책에 살았어도 언제나 떠돌이라
바둑 두는 지금이사 이게 바로 신선이다.
벼랑에 우둑 솟은 정자 섬강을 짓누르고
높이 자란 노거수엔 구름이 걸쳐있다.
사나이 영달과 곤궁은 사주팔자라지만
백수로 살아온 내 인생이 냇물 대하기도 부끄러워.

動樂秋風大野宣　靑山落照飮鄕筵
동 악 추 풍 대 야 선　청 산 낙 조 음 향 연

琴書甲載恒爲客　棋局當年便是仙
금 서 갑 재 항 위 객　기 국 당 년 편 시 선

聳立危亭壓江處　崢嶸老樹掛雲天
용 립 위 정 압 강 처　쟁 영 노 수 괘 운 천

男兒窮達元來數　白髮吾生愧面川
남 아 궁 달 원 래 수　백 발 오 생 괴 면 천

游永守亭　乙巳

動樂秋風大野宣
青山落照飲鄉筵
琴書甲載恒為客
棋局當年便是仙
聳立危亭塵江表
崢嶸老樹掛雲天
男兒窮達元末變
白髮吾生愧面川

山亭夏日
산 정 하 일

<여름날 산속의 정자에서 1989년 己巳>

술통은 비어버렸고
서산에 낙조가 내려 어둑해온다.
자고 싶으니 그대는 가주게나
고운 꾀꼬리가 우는 숲속으로
노을 진 서산마루 색깔 어우른 그림이요
솔잎에 이는 바람 또한 노래를 불러준다.
취하여 난간에 쓰러져 있어도
물이 흐르는 소리를 조용히 듣는다.

樽酒已傾盡　西山落照陰
준 주 이 경 진 　 서 산 낙 조 음

欲眠君且去　窈窕鶯啼林
욕 면 군 차 거 　 요 조 앵 제 림

渾以霞嶺画　風松亦與吟
혼 이 하 령 화 　 풍 송 역 여 음

欄干僵醉裏　靜聆水流音
난 간 강 취 리 　 정 진 수 류 음

山亭夏日 己巳

樽酒已傾盡
西山落照陰
欲眠君且去
劬窕鶯啼林
渾以霞嶺畫
風松點興吟
欄干僵醉裏
靜聆水流音

清溪洞有感
청 계 동 유 감

<청계동에서의 감회 1989년 己巳 秋>

첩첩 청산인데 시내는 몇 구비일까
솔타리 대숲에 오르내리는 길이 있다.
사립에 손이 오자 삽살개가 짖어대고
동구엔 인적도 없고 사슴 새끼가 뛰논다.
깊고도 신비한 세계라 모여 마시기도 좋고
밝은 달을 대하여 시제를 고름도 좋거니
청계의 도사는 어느 곳에 돌아갔나!
촌 늙은이가 혼자 술잔 들고 즐긴다.

疊疊靑山幾曲溪　松籬竹巷路高低
첩 첩 청 산 기 곡 계　송 리 죽 항 로 고 저

扉門客至仙尨吠　洞口無人麕鹿棲
비 문 객 지 선 방 폐　동 구 무 인 조 록 서

窈窈乾坤宜會飮　皎皎對月好分題
요 요 건 곤 의 회 음　교 교 대 월 호 분 제

淸溪道士歸何處　只有村翁嗜酒提
청 계 도 사 귀 하 처　지 유 촌 옹 기 주 제

清溪洞有感　己巳

疊疊青山幾曲溪
松籬竹巷路高低
扉門客至仙尨吠
洞口無人麋鹿棲
窈窈乾坤宜會飲
晈晈對月好分題
清溪道士歸何處
只有村翁嗜酒提

乞酒
걸 주

<술을 얻어먹음 1989년 己巳>

평원의 푸른들 지름길로 오면
여러 채 농삿집이 남향으로 열려있다.
가진 돈 없이 술을 청한들 무례한 일 아니라서
머리 깎은 소년이 술을 사서 돌아온다.

綠野平原小徑來　農廬數戶向陽開
녹 야 평 원 소 경 래　농 려 수 호 향 양 개

空錢請酒非無禮　短髮少年沽酒回
공 전 청 주 비 무 례　단 발 소 년 고 주 회

乞酒　乙巳

綠野平原小徑來
農廬數戶向陽開
空錢請酒非無禮
短髮少年沽酒回

馬輪釣臺即感
마 륜 조 대 즉 감

<마륜대 낚시터에서의 느낌 1989년 己巳>

세상사 오불관 속기를 털어버린 늙은이

외로운 배 어지러운 물결에 설한풍을 맞는구나.

낚싯대 하나로 달을 낚는 태공의 멋하며

다리 가에 바꿔 먹은 술 그 맛, 해!

世事無關脫俗翁　孤舟亂浪雪寒風
세 사 무 관 탈 속 옹　 고 주 난 랑 설 한 풍

一竿釣月淸江趣　換酒橋邊興不窮
일 간 조 월 청 강 취　 환 주 교 변 흥 불 궁

馬輪釣台即感　乙巳

世事無關脫俗翁
孤舟亂浪雪寒風
一竿釣月清江趣
換酒橋邊興不窮

訪松亭舊墟
방 송 정 구 허

<송정의 옛터를 찾아 1989년 己巳 於趙靈珠宅>

섬진강 바로 위 곤방산(困芳山)은
산세가 험하여 호랑이가 넘나든다.
집은 신선골마루 가파른 산에 있어
사람들이 흰 구름 사이로 오고 간다.
은하 가까이 드리운 하늘 별을 딸 듯 하고
외진 곳 높은 벼랑이라 달이 손에 잡힐 듯
심청이 살았다는 옛 터라고 오래 전에 들었지만
사람이 와도 찾지 않는 것은 괜한 고생일 뿐이란다.

蟾江之上困芳山　岴勢嵯峨虎豹關
섬 강 지 상 곤 방 산　수 세 차 아 호 표 관

家在埼釜丹壑頂　人行流水白雲間
가 재 기 음 단 학 정　인 행 류 수 백 운 간

天垂漢近星堪掬　地僻崖高月可攀
천 수 한 근 성 감 국　지 벽 애 고 월 가 반

舊址沈淸聞已久　客來不省意危艱
구 지 심 청 문 이 구　객 래 불 성 의 위 간

訪松亭舊壘 己巳 於趙靈珠書

蟾江之上困房山
岩勢嵯峨虎豹關
家在崎崟丹壑頂
人行流水白雲間
天垂漢近星堪掬
地僻崖高月可攀
舊址沈清聞已久
客來不省意危艱

送舊迎新
송 구 영 신

<묵은해를 보내고 새해를 맞으며 1989년 己巳>

장탄식으로 곤궁한 그믐밤을 외로이 보낸다.
괴로운 인생살이 아주 느릿느릿하기만 하다.
원망을 품은 촌구석이 얼마인가
풍년을 비는 못난 늙은이 더없이 서글프다.
인심이 뒤집히는 것은 한바탕 꿈 인양 하고
천도가 돌고 도는 것을 믿어 기약을 두거니와
복을 누리는 인생이사 하늘이 주는 것
금년에는 만사가 대통하리라 믿으리라.

靑燈守歲長嘆噫　　苦海蒼民若太遲
청 등 수 세 장 탄 희　　고 해 창 민 약 태 지

邊鄙幾多含怨處　　稔祈老拙斷腸時
변 비 기 다 함 원 처　　임 기 노 졸 단 장 시

人心飜覆疑雲夢　　常道循環信有期
인 심 번 복 의 운 몽　　상 도 순 환 신 유 기

壽福生平天必授　　今年萬事大通之
수 복 생 평 천 필 수　　금 년 만 사 대 통 지

送舊迎新　己巳

青燈守歲長嘆噫
苦海蒼民善太遷
邊鄙幾多含怨憂
瘞祈老拙斷腸時
人心飜覆疑雲夢
常道循環信有期
壽福生平天必授
今年萬事大通之

雪月獨步
설 월 독 보

<눈 덮인 달밤을 홀로 걷는다 1989년 己巳>

눈 덮인 뜰 푸른 하늘아래 홀로 거닐 때

북쪽별을 이고 오는 먼 데 친구가 있다.

초가삼간에 시끄럽게 울어대는 벌레소리

기러기 떼 가물가물 정자 연못 속에 날고 있다.

사슴과 학과 같이 세상사 잊어버리고

도인과 함께하여 신선 경전을 읽으리니

어지러운 남북이 요즈음만 같고

공약을 삼가고 지키기만 한다면 온갖 시름 다 평안할 것을.

獨步靑天雪白庭　朋來自遠戴流星
독 보 청 천 설 백 정　붕 래 자 원 대 류 성

虫聲喞喞搔茅屋　雁影依依映水亭
충 성 즉 즉 소 모 옥　안 영 의 의 영 수 정

麋鶴相親忘世事　道人作伴讀仙經
미 학 상 친 망 세 사　도 인 작 반 독 선 경

風塵南北今如許　謹守分明萬慮寧
풍 진 남 북 금 여 허　근 수 분 명 만 려 령

雪月獨步　己巳

獨步青天雪白庭
朋末自遠戴流星
虫聲唧唧搔茅屋
雁影依依映水亭
麋鶴相親忘世事
道人作伴讀仙經
風塵南北今如許
謹守分明萬憲寧

除夕
제 석

<그믐날 저녁에 1989년 己巳>

차디찬 등잔불 앞에 홀로 세는 마음 난감이 생기는데
여관방에서 한해를 보내는 가련한 심정이여.
이 밤 천 가지 생각 멈출 수만 있다면
내일 아침이면 만사가 태평일 것을
시끄러운 속된 세상사에 귀밑머리 세어져 버렸어도
온 세상 고요할 때 등불 하나 밝힌다.
닭은 꼬끼요 집집마다 새벽임을 알리고
결연히 뜻을 세운 길이라 허탈한 웃음일 뿐이다.

獨對寒燈萬感生　暮年客舘可憐情
독 대 한 등 만 감 생　모 년 객 관 가 련 정

須知今夜千慮止　應料明朝百事平
수 지 금 야 천 려 지　응 료 명 조 백 사 평

世故喧塵雙鬢白　乾坤靜寂一烒明
세 고 훤 진 쌍 빈 백　건 곤 정 적 일 홍 명

鷄聲已報家家曉　立志芬然虛笑程
계 성 이 보 가 가 효　입 지 분 연 허 소 정

除夕　己巳

獨對寒燈萬感生
暮年客館可憐情
須知今夜千慮止
應料明朝百事平
世故喧塵雙鬢白
乾坤靜寂一缸明
雞聲已報家家曉
立志芬然盡笑程

客懷
객 회

<나그네의 시름 檀紀4323年>

여관방 차디찬 등불 아래 홀로 잠 못 이루며
사모하면서도 무슨 일로 멍청한 생각을 굴리는가!
세상사 어처구니없게도 거의가 혼탁해져서
사람 마음 뒤집기로 깨끗이 씻어내기 몇 번이던가.
옛일을 돌이켜 생각해보면 하늘은 온누리에 드리웠으니
이제는 가야할 천리 길을 손꼽아본다.
멀리서 닭 우는소리 새벽임을 들려주고
결연히 뜻을 세워 이 해를 챙기리라.

客舘寒燈獨不眠　懷思何以轉忙然
객 관 한 등 독 불 면　회 사 하 이 전 망 연

荒唐世事多渾濁　飜覆人心幾汰湔
황 당 세 사 다 혼 탁　번 복 인 심 기 태 전

擧故回頭天垂四　當今屈指路程千
거 고 회 두 천 수 사　당 금 굴 지 로 정 천

鷄聲自遠聞晨曉　立志浩然拓此年
계 성 자 원 문 신 효　입 지 호 연 척 차 년

客懷　四二三章　庚午

客館寒燈獨不眠
懷思何以轉忙然
荒唐世事多渾渾
翻覆人心幾沦湎
舉故回頭天盡四
當今屈指路程千
雞聲自遠聞晨曉
立志浩然拓此年

題淸流洞盤石
제 청 류 동 반 석

<청류동 반석을 제함 1990년>

동안산 속에 백석 여울 있으니
성출봉에서 근원하여 도림의 격랑이다.
산봉우리는 우뚝우뚝 비탈에 기대어있고
철철 흐르다가 절벽에 부딪쳐 거슬러 오른다.
하얀 달빛에 깨끗한 모래 그윽히 옷깃을 적시고
옥을 부수는 소리되어 등골이 싸늘하다.
반석은 산 때문에 하늘같이 오래고 길 것이나
다만 바라기는 우리 백성이 반석같이 편해지기를.

動樂山中白硪灘　根源聖出道林湍
동 악 산 중 백 아 탄　근 원 성 출 도 림 단

峯巒峻峻憑斜力　汾勢漫漫溯壁瀾
봉 만 준 준 빙 사 력　분 세 만 만 소 벽 란

素月明沙幽衿澹　轉聲砕玉背加寒
소 월 명 사 유 금 담　전 성 쇄 옥 배 가 한

峥因磯礡天長久　願使吾民盤石安
쟁 인 계 박 천 장 구　원 사 오 민 반 석 안

題清流洞盤石　庚午

動樂山中白碤灘
根源聖出道林端
峯巒山峻兮憑斜力
汾勢漫兮溯壁瀾
素月明沙幽衿澹
轉聲辟玉背加寒
崢因磽磚天長久
願使吾民盤石安

椿辭
춘 사

<춘수목을 제목 삼아 1991년 辛未>

어느 해엔가 우물가에 춘수목(椿壽木)을 심었더니
짙푸른 잎과 가지들이 비를 맞아 새롭구나.
여름에는 시원한 그늘로 더위를 피하게 해주고
가을이면 낙엽이 쌓여 사람을 붇[1]쫓는다.
때로는 맑은 바람을 보내어 집집마다 싱그럽고
밤이면 밝은 달빛으로 곳곳마다 이웃이 있다.
해마다 집 앞에는 늘봄으로 서있으니
자기 사랑할 것을 잊지 말고 순수함을 지켜라.

何年手樹井邊椿　　翠葉靑枝帶雨新
하 년 수 수 정 변 춘　　취 엽 청 지 대 우 신

夏盛茂蔭期避署　　秋衰落葉近隨人
하 성 무 음 기 피 서　　추 쇠 락 엽 근 수 인

淸風時送家家爽　　明月夜來處處鄰
청 풍 시 송 가 가 상　　명 월 야 래 처 처 린

歲歲堂前春長在　　莫忘愛己守天眞
세 세 당 전 춘 장 재　　막 망 애 기 수 천 진

* 붇[1]:'붓'의 옛말

椿辭　四三二四年　辛未

何年手樹井邊椿
翠葉青枝帶雨新
夏盛茂蔭期避暑
秋裏落葉任隨人
清風時送家家爽
明月夜來憂憂鄰
歲歲堂前春長在
莫忘愛己守天真

丈山
장 산

<장산을 읊다 1991년 辛未 丙子推稿>

장부자리를 대대로 전해온 길
산속에 숨어 있다 돌아왔노니
의기는 천만길이나 높고
인자하고 후덕함 이사 바다와 산과도 같다.

丈席相傳路　山中隱逸還
장 석 상 전 로　산 중 은 일 환

義高千萬丈　仁厚海如山
의 고 천 만 장　인 후 해 여 산

丈山　罜二四秊辛未　丙子推稿

丈席相傳路
山中隱逸還
義高千萬丈
仁厚海如山

游淸流洞白石灘
유 청 류 동 백 석 탄

<청류동에 노닐며 辛未>

첩첩 둘린 청산 백석계곡엔
송죽이 어우러진 높고 낮은 길
잠시 동안 신선과 대화를 나누기도 하지만
오래 사람이 없었으니 사슴 새끼가 살고 있다.
사물 밖 한가한 정취로 꽃봉오리 찾는 나비되어
조용히 달빛 아래 구름다리를 걷는다.
청류 도사는 어디로 돌아갈 것인지
동자를 붙들고 북쪽 서쪽 캐묻는다.

重疊靑山白石磎　竹籬松巷路高低
중 첩 청 산 백 석 계　죽 리 송 항 로 고 저

須時或伴仙翁話　久日無人子鹿捿
수 시 혹 반 선 옹 화　구 일 무 인 자 록 서

物外閑情探蕾蝶　靜中帶月步雲梯
물 외 한 정 탐 뢰 접　정 중 대 월 보 운 제

淸流道士歸何處　切問邀童北復西
청 류 도 사 귀 하 처　절 문 요 동 북 부 서

游清流洞白石灘　辛未

重疊青山白石磯
竹籬松巷路高低
須時或伴儼翁話
久日無人子鹿棲
物外閑情探薔蝶
靜中帶月步雲梯
清流道士歸何處
切問邀童北復西

檀君殿春享有感
단군전춘향유감

<단군전 봄 제사에서의 느낌 1992년 壬申>

한민족의 성조는 환웅천황으로부터 시작되었으니
저 넓은 대륙에서 시작된 백악의 아사달이었다.
덕은 음양과 같아서 쪼이지 않은 곳 없고
일월과 같은 도는 통하지 않음이 없다.
문명은 불꽃같이 일어나 후예의 앞길에 열리고
예의는 떳떳하여 세상풍속을 감화시키다.
땅은 단군 때문에 그 이름이 드러나 떨치고
만년 이어갈 홍익인간 성업이 이루어지는 중이다.

韓民聖祖始桓雄　大陸發源白岳東
한 민 성 조 시 환 웅　대 륙 발 원 백 악 동

德似陰陽無不照　道如日月莫非通
덕 사 음 양 무 불 조　도 여 일 월 막 비 통

文明爀爀啓后裔　禮儀當當感時風
문 명 혁 혁 계 후 예　예 의 당 당 감 시 풍

地以檀君名益著　萬年聖業就成中
지 이 단 군 명 익 저　만 년 성 업 취 성 중

檀君殿春享有感　四三二五年　壬申

韓民聖祖始桓雄
大陸發源白岳東
德似陰陽無不照
道如日月莫非通
文明備々啓后裔
禮儀當々感時風
地以檀君名益著
萬年聖業就成中

秋夜思
추 야 사

<가을밤의 사색 1992년 壬申>

차가운 하늘에 하얀 달빛 서리가 내린 듯
뜰 가득 꽃그늘에 방황을 한다.
처마에 깃든 참새는 벌써 잠이 들었고
벽시계는 딩동 시간을 알린다.
욕심 없이 살아 세상일은 몰라도
바쁘게 살다보니 본심이 막힌 듯하지만
기분 좋게 술 한통 마시고 팔베개로 누워서
지축 돌아가는 소리 조용히 듣는다.

月白天寒疑是霜　滿庭素魄華陰徨
월 백 천 한 의 시 상　만 정 소 백 화 음 황

檐頭宿鳥曾成夢　壁上掛種時報鐺
첨 두 숙 조 증 성 몽　벽 상 괘 종 시 보 당

澹白生涯塵事遠　紛忙歲序似心障
담 백 생 애 진 사 원　분 망 세 서 사 심 장

一樽快飮支肱臥　地軸轉聲聽靜牀
일 준 쾌 음 지 굉 와　지 축 전 성 청 정 상

秋夜思　壬申

月白天寒疑是霜
滿庭素魄華陰徨
橋頭宿鳥曾成夢
壁上掛鐘時報鐘
澹白生涯塵事遠
紛忙歲序似心障
一樽快飲支肱臥
地軸轉聲聽靜林

過麗水吟
과 여 수 음

<여수를 지나며 읊음 1992년 壬申>

고운 물길 산봉우리 빛나는 그 이름대로이다.
남해 바다에 이어진 고을 땅 끝
뭍과 이어주는 돌산다리 옆에서 마시며
늙은 나 늙었거니 태평스레 노닌다.

麗水明岫明實求　南連大海界盡州
여 수 명 수 명 실 구　남 연 대 해 계 진 주

突山接陸橋邊酌　老吾老矣太平游
돌 산 접 육 교 변 작　노 오 노 의 태 평 유

過麗水吟　壬申

麗水明岫名實求
南連大海界盡初
突山接陸橋邊酌
老吾老矣太平游

夏雨
하 우

<여름비 1993년 癸酉>

초당의 여름날은 찌는 듯 더위인데
한가히 누워있으면 이웃 보리타작 소리 들려온다.
평상에 부채 저으며 막 잠이 들려하는데
산남에서 구름이 피어 갑자기 소나기가 내린다.

艸堂夏日署無情　閑臥聽鄰打麥聲
초 당 하 일 서 무 정　한 와 청 린 타 맥 성

牀寐揮扇成初睡　山南雲起忽雱霈
상 매 휘 선 성 초 수　산 남 운 기 홀 우 쟁

夏雨　　四三二六年癸酉

艸堂夏日暑無情
閑臥聽鄰打麥聲
牀寐揮扇成初睡
山南雲起忽雲零

尋艸堂
심 초 당

<초당을 찾아 1993년 癸酉>

영산홍 자산홍 핀 못가에 작은 정자 하나
바다를 이룬 녹음이라 물빛보다 푸르다.
청산은 들쑥날쑥 정연히 벌려있고
백석이 삶을 에워싼 병풍이었다.
뜰엔 나뭇잎이 나비되어 나부끼고
벽에 걸린 등불은 빗속의 반딧불이로 깜박인다.
고요히 사는 곳이 어디냐면 책력도 없다 한다.
그래도 뜰에는 달력풀이 자라고 있다.

紅紫池塘一艸亭　綠陰如海水於靑
홍 자 지 당 일 초 정　녹 음 여 해 수 어 청

碧山起伏穩開局　白石四圍自作屛
벽 산 기 복 온 개 국　백 석 사 위 자 작 병

庭樹飄飄風裏蝶　壁燈耿耿雨中螢
정 수 표 표 풍 리 접　벽 등 경 경 우 중 형

靜居何所云無曆　惟有堂前堯帝蓂
정 거 하 소 운 무 력　유 유 당 전 요 제 명

尋艸堂　癸酉

紅紫池塘一艸亭
綠陰如海水於青
碧山起伏穩開局
白石四圍自作屏
庭樹飄々風裏蝶
壁燈耿々雨中螢
靜居何所云々無厤
惟有堂前堯帝蓂

醉中吟
취 중 음

<취해서 읊음 1993년 癸酉>

술집 미온등이 깜박이는 밤에는
오랜 친구와 다시 술을 마신다.
떠도는 인간사 모두 바쁘기만 해도
취해 사는 세월은 언제나 푸짐함이 있었다.
밤새 제멋대로 높은 자취를 좇노니
술은 떨어져도 시정은 늘그막에 시가 된다.
인간사 백년이라고 한들 한바탕 꿈이거니
등불 돋우고 술잔 높이 들어 거나하게 마셔보자.

紅燈明滅夜来城　更向樽前故舊情
홍 등 명 멸 야 래 성　갱 향 준 전 고 구 정

浮世人間多草草　醉鄕四時每英英
부 세 인 간 다 초 초　취 향 사 시 매 영 영

宵殘素意随高跡　酒盡詩興見晚成
소 잔 소 의 수 고 적　주 진 시 흥 견 만 성

凡事百年皆夢幻　挑燈擧杯作醒聲
범 사 백 년 개 몽 환　도 등 거 배 작 성 성

醉中吟　癸酉

紅燈明滅夜未央

更向樽前敍舊情

浮世人間多草草

醉鄉四時每英英

宵殘素意隨高跡

酒盡詩興見晚戍

凡事百年皆夢幻

挑燈舉杯作醒聲

寄湖山
기 호 산

\<1993년 癸酉 丁丑 推橋\>

곡성에 노닐며 읊기를 여러 해
태양을 즐기던 호산은 후원의 꽃이요.
소나무에 이는 바람 악보에도 없는 곡을 타는 듯
선비들은 끝없이 노래 부르고자 한다네.

浴川遊咏閱年多　愛日湖山後苑花
욕 천 유 영 열 년 다　애 일 호 산 후 원 화

疑是松風彈外譜　杳然多士欲合歌
의 시 송 풍 탄 외 보　묘 연 다 사 욕 함 가

寄湖山 四三二六年癸酉 丁丑推稿

浴川遊咏閱年多
愛日湖山後苑花
疑是松風彈外譜
杳然多士欲含歌

夏日即感
하 일 즉 감

<여름날 감회를 곧 쓰다 1994년 甲戌>

더운 여름 숲속의 뜰에는 바람 한 점 없는데
온종일 초당에서 책을 읽고 있었다.
몇 조각 뜬구름이 산에 비를 뿌리고
천 길이나 되는 못 물속은 궁전이다.
꿈속의 신선놀이 삼매에서 깨어나
생각을 오로지 공부하길 바라지만
고약한 술주정을 업으로 삼아 즐겨하매
남들은 나를 일컬어 미친 술꾼이라 하더라.

署夏林庭無一風　草堂盡日讀書中
서 하 림 정 무 일 풍　초 당 진 일 독 서 중

浮雲數片山頭雨　塘口千丈水裏宮
부 운 수 편 산 두 우　당 구 천 장 수 리 궁

夢入仙游惺三昧　思專經史乞源通
몽 입 선 유 성 삼 매　사 전 경 사 걸 원 통

惡醒醉趣恒從業　呼我人稱狂酒翁
악 성 취 취 항 종 업　호 아 인 칭 광 주 옹

夏日即感　四三二七年甲戌

暑夏林庭�
無一風
草堂盡日讀書中
浮雲數片山頭雨
塘口千丈水裏宮
夢入仙游惺三昧
思專經史乞源通
惡醒醉趣恒從業
呼我人稱狂酒翁

東山亭
동 산 정

<동산정에서 1994년 甲戌>

한들 일대가 푸른 동산으로 이어졌는데
푸른 땅 전부가 다 한들인데
온통 산과 골짜기로 사방을 에워쌌다.
맑은 바람소리 싱그러운 강마을 여름에
밝은 달 휘영청 기름진 한들에 떠있다.
시원함이 있을 뿐인 강물 밖이라
탈속의 풍류아취는 석양노을 질 때만이 안다.
꾀꼬리 제비 절로 와서 춤 노래 즐기는데
그 중에 늙은 몸이 난간에 기대어 잠을 잔다.

綠苑大坪一帶連 郡山萬壑四圍圓
녹 원 대 평 일 대 련 군 산 만 학 사 위 원

淸風颼颼江村口 明月朗朗沃野天
청 풍 수 수 강 촌 구 명 월 낭 랑 옥 야 천

但識淸凉流水外 專知逸興夕陽邊
단 식 청 량 유 수 외 전 지 일 흥 석 양 변

鶯歌燕舞自來戱 中有老軀依檻眠
앵 가 연 무 자 래 희 중 유 노 구 의 함 면

東山亭　甲戌

綠苑大坪一帶連
群山萬壑四圍圓
清風颯颯江村口
明月朗朗沃野天
但識清涼流水外
專知逸興夕陽邊
鶯歌鷺舞自水戲
中有老軀依檻眠

探百濟王宮址
탐 백 제 왕 궁 지

<백제의 왕궁지를 찾아 甲戌>

황량한 옛터엔 초석만 남아 탄식하고
몇 그루 늙은 송백 구름 몇 조각 한이 서려있다.
스산한 밤비 내릴 때 꿈속에서도 또렷한데
초롱한 눈동자 가득히 한 점 찬란하다.
바람에 깜박이는 등불 전방 진지마냥 어둡고
적막한 산 빛에 옛 왕조는 차디차다.
오늘날 천추의 역사를 뒤적이니
하늘 이치는 돌고 돌아 모이고 흩어짐이 있더라.

古址荒凉餘礎嘆　孤松老柏恨雲殘
고 지 황 량 여 초 탄　고 송 로 백 한 운 잔

夢魂歷歷三更雨　悟目悠悠一點爛
몽 혼 역 력 삼 경 우　오 목 유 유 일 점 란

明滅風燈邊塞晦　寂寥山色舊朝寒
명 멸 풍 등 변 새 회　적 요 산 색 구 조 한

當年披讀千秋史　天理循環有聚散
당 년 피 독 천 추 사　천 리 순 환 유 취 산

探百濟王宮址　甲戌

古址荒涼餘礎嘆
孤松老柏恨雲殘
夢魂悠悠三更雨
悟目悠悠一點燗
明滅風燈邊塞曉
寂寥山色舊朝寒
當年披讀千秋史
天理循環有聚散

落葉
낙 엽

<지는 잎 1994년 甲戌>

가을바람에 골짝 가득 서리가 내려서
산속이 모두 황량하게 변해버렸다.
단풍잎이 쓸쓸하게 떨어져 내리고
비구름이 을씨년스레 피어오른다.
인생도 함께 저물어감에 서글프고
백발이 덩달아 자라남이 한스럽다.
돌아가는 낮을 원망하지 말라
또 다시 푸르러질 봄을 기다리자.

金風霜滿谷　山郭轉荒凉
금 풍 상 만 곡　산 곽 전 황 량

楓葉蕭蕭下　雨雲瑟瑟昂
풍 엽 소 소 하　우 운 슬 슬 앙

蒼生愁共暮　白髮恨應長
창 생 수 공 모　백 발 한 응 장

莫怨歸根日　待春亦復昌
막 원 귀 근 일　대 춘 역 복 창

落葉　甲戌

金風霜滿谷
山郭轉荒凉
楓葉蕭々下
雨雲瑟々昂
蒼生愁共暮
白髮恨應長
莫怨歸根日
待春欣復昌

游永守亭吟
유 영 수 정 음

<정자에서의 감흥 檀紀4328年 乙亥>

섬진강 위에 외로운 정자하나
백 척(百尺) 깎아지른 절벽이라 아래가 까마득하다.
아득히 노을 진 산들은 신선 사는 산빛이요,
들쑥날쑥 이어진 들 경관 모두 다 푸른데
날마다 휘파람 불며 유유자적했으니
해마다 풍악 울리며 얼마를 취했던가.
세상사 괜치 않고 술 마시는 꿈속에 노니노니
새로 빚은 걸쭉한 술 있어 말 잔으로 마셔야겠다.

蟾津江上一孤亭　百尺斷涯下有溟
섬 진 강 상 일 고 정　백 척 단 애 하 유 명

縹渺烟霞群岳紫　參差野色兩厓靑
표 묘 연 하 군 악 자　참 차 야 색 양 애 청

嘯吟日日要閑適　歌管年年幾醉醒
소 음 일 일 요 한 적　가 관 년 년 기 취 성

不關世事游酌夢　方濃新釀斗加觴
불 관 세 사 유 작 몽　방 농 신 양 두 가 상

蟾津江上一孤亭
百尺斫涯下有溟
縹渺烟霞群岳鬟
參差野色雨厓青
嘯吟日夕要閑適
歌管年年發醉醒
不關世事游酩夢
方濃新釀斗加觴

停年有感
정 년 유 감

\<지인의 정년퇴임에 부쳐 玄亭金東式先生 1996년 丙子\>

교육계에 몸담아 40년이 흘렀구나.
드디어 이제 백묵도 채찍도 던져버렸다.
다만 똑똑한 인재 기르기만 했을 뿐
어찌 덕이나 보려고 그랬으랴!

庠壇四十秋　遂與投鞭墨
상 단 사 십 추　수 여 투 편 묵

但得藝藝才　何如求好德
단 득 예 예 재　하 여 구 호 덕

寧玄亭金東式先生傳承有感　丙子

庠壇四十秋
遂與投鞭墨
但得藝芸才
何如求好德

雲泉
운 천

<檀紀4329년 丙子 推稿>

구름 되는 산에 선의가 어려 있고
샘물 솟아오를 때 빈 마음을 깨닫는다.
가만히 바라보며 맑은 말씀을 듣노니
알 수 없어라 세상의 소리들은.

雲山昭禪意　泉涌悟空心
운 산 소 선 의　천 용 오 공 심

靜觀瞑淸語　不知世路音
정 관 면 청 어　부 지 세 로 음

雲泉　四三二九年丙子推稿

雲山昭禪意
泉涌悟空心
靜觀覷清語
不知世路音

無名亭有感
무 명 정 유 감

<이름 없는 정자에서 1997년 丁丑>

숲속 정자에 앉아보니 오랜 별천지인데
산속 풍경은 가없이 이어진다.
푸른 수풀 옥 같은 시에 비단을 드리운 듯
곧추 선 봉우리들이 휘감은 듯하구나.
처음 만나 흔쾌히 오래도록 술잔을 나누다가
헤어질 때엔 내년에 다시 만나자고 약속했다.
꿈만 같은 무릉도원에 무슨 말이 필요하리요
흉금을 털어놓았으니 이제 바로 신선인 것을.

來坐林亭古洞天　滿山風景邐無邊
래 좌 림 정 고 동 천　만 산 풍 경 리 무 변

玉流綠樹垂如緞　壁立寄峰勢似纏
옥 류 녹 수 수 여 단　벽 립 기 봉 세 사 전

快飮初逢延酌酒　贈言臨別約明年
쾌 음 초 봉 연 작 주　증 언 임 별 약 명 년

武陵夢幻何須設　振灑胷襟便是僊
무 릉 몽 환 하 수 설　진 쇄 흉 금 편 시 선

* 邐:길게 이어져 끊어지지 않는 모양

無名亭有感　四三〇束丁丑

求生林亭右洞天
滿山風景嶄無邊
玉流綠樹柔如緞
壁立奇峰勢似纏
快飲初逢延酌酒
贈言臨別約明年
武陵夢幻何須說
振瀝胷襟便是儒

穀城關
곡 성 관

<谷城新驛竣工記念 1999년 己卯 仲春>

밝아오는 동녘

강산은 굽이쳐 둘러있고

멀리 닭 우는 소리

곡성관에는 달빛이 희다.

旣曉東天極　江山九曲還
기 효 동 천 극　강 산 구 곡 환

鷄鳴聞自遠　月白穀城關
계 명 문 자 원　월 백 곡 성 관

전남 곡성군 곡성역 현판 곡성관(穀城關)

穀城關　四三三二年乙卯仲春

既曉東天極
江山九曲還
雞鳴聞自遠
月白穀城關

谷城驛
곡 성 역

곡성역에 왔더니
여러 사람이 와있고
순자강(鶉子江) 쉼 없이 흐르는
상큼한 새벽 언제나 새롭다.

纔到谷城驛　東來八九人
재 도 곡 성 역　동 래 팔 구 인

鶉江流不息　濯濯曙恒新
순 강 류 불 식　탁 탁 서 항 신

谷城驛

繞到谷城驛
東來八九人
鵑江流不息
濯濯曙恒新

寄樂黨
기 악 당

<1999년>

마음 기울여 서로 뜻을 같이한지 30년
이러구러 오랜 세월 속에 흘러왔다.
딱하게도 봄 여름이 너무 빨리 지나갔으니
성대한 잔치를 경승지에서 다시 열자꾸나.

心志相傾三十秋　悠悠歲月此中流
심 지 상 경 삼 십 추　유 유 세 월 차 중 류

可憐一疾經春夏　盛宴復開勝地頭
가 련 일 질 경 춘 하　성 연 복 개 승 지 두

寄樂黨　乙卯

心志相傾三十秋
悠悠歲月此中流
可憐一疾經春夏
盛宴復開勝地頭

清流洞游吟
청 류 동 유 음

<청류동을 찾아 1999년 己卯▷

청류동 아홉 구비 질그릇 술병 속에
한조각 뜬구름이 내 백발과 같아진다.
서산에 해가 질 때 뒤돌아 옥피리 불면
푸른 하늘 떠있는 달빛이 절반은 붉어진다.

清流九曲坥樽中　一片浮雲白髮同
청 류 구 곡 지 준 중　일 편 부 운 백 발 동

日落回頭吹玉笛　蒼天月色半陽紅
일 락 회 두 취 옥 적　창 천 월 색 반 양 홍

清流洞游吟　己卯

清流九曲坆樽中
一片浮雲白髮同
日落回頭吹玉笛
蒼天月色半陽紅

登萬壽亭
등 만 수 정

<만수정에 올라 庚辰>

산줄기 동으로 둘러있고 물은 북쪽에서 흘러오고
눈앞 한들을 바라보면 그 끝이 없어라.
가까운 나무위에서는 꾀꼬리가 노래하고
멀리 모래톱 사이로 백로가 날고 있다.
괴석과 험상한 바위들이 첩첩 싸여있고
숲 위로 비낀 태양의 그림자가 하늘거린다.
늙은이는 맑은 바람이 좋아 늘 오곤 하는데
사통팔달 끝없어 사립도 없다.

山嶂東回水北歸　瞻前大野不逢圍
산 장 동 회 수 북 귀　첨 전 대 야 불 봉 위

近聽樹上黃鶯囀　遠覘沙間白鷺飛
근 청 수 상 황 앵 전　원 진 사 간 백 로 비

怪石嶄巖形疊疊　平林斜日影依依
괴 석 참 암 형 첩 첩　평 림 사 일 영 의 의

翁來常愛淸風到　八達無窮未設扉
옹 래 상 애 청 풍 도　팔 달 무 궁 미 설 비

登萬壽亭　庚辰

山嶂東面水北歸
瞻前大野不逢圍
近聽樹上黃鶯囀
遠觀沙間白鷺飛
怪石巉巖形疊疊
平林斜日影依依
翁來常愛清風到
八達無窮未設扉

皆世夢
개 세 몽

<세상 모두가 꿈인 것을 庚辰>

기백이 당당한 저 늙은이
석양이 되자 고개를 숙인다.
지나온 자국 먼 길을 찾아보고
소년시절을 추억해본다.
남북이 대치하여 상황은 다급한데도
동과 서는 다투기에 바쁘다.
사람들은 모두 통일을 바라지만
온 세상이 편을 가르고 헐뜯기만 하는구나.

氣魄堂堂老　低頭帶夕陽
기 백 당 당 로　저 두 대 석 양

遙探前路跡　追憶少年場
요 탐 전 로 적　추 억 소 년 장

南北風雲急　東西日月忙
남 북 풍 운 급　동 서 일 월 망

人皆祈統一　世擧呪偏傷
인 개 기 통 일　세 거 주 편 상

皆世夢　庚辰

氣魄堂堂老
低頭帶夕陽
遙探前路跡
追憶少年場
南北風雲急
東西日月忙
人皆祈統一
世舉呪偏傷

登錦溪亭
등 금 계 정

<금계정에 올라 德山村前錦川邊築小亭曰錦溪亭 庚辰>

그림 같은 냇둑에 작은 정자 지었으니
천덕산 또렷이 눈앞에 푸르구나.
아스라한 한들을 춘추로 바라보고
비단 같은 시냇물소리 밤낮으로 듣는다.
무릉도원도 부러울 것 없는 시선이 쉬어가는 곳
정자에 올라보면 바로 속세 떠난 물가이다.
이웃을 불러 향단나무를 심으리니
시원한 나무 그늘 뜰 가득 내리게 하리라.

繪麗川堤築小亭 天山歷歷眼前靑
회 려 천 제 축 소 정　천 산 역 력 안 전 청

杳然大野春秋覽 連錦溪流晝夜聽
묘 연 대 야 춘 추 람　연 금 계 류 주 야 청

無愧武陵仙息處 有登觀景脫塵汀
무 괴 무 릉 선 식 처　유 등 관 경 탈 진 정

喚鄰種藝橿檀樹 使蔭淸凉降滿庭
환 린 종 예 강 단 수　사 음 청 량 강 만 정

登錦溪亭　德山村前錦川邊築小亭曰錦溪亭　庚辰

繪巖川堤築小亭
天山歷歷眼前青
杳笻大野春秋覽
連錦溪流畫板聽
無愧武陵仙息毫
有登觀景脱塵汀
喚鄰種藝橿檀樹
使蔭清凉降滿庭

登江堤望風景
등 강 제 망 풍 경

〈강둑에 올라 풍경을 바라보며 2001년 辛巳〉

노을빛 짙게 물든 저 강마을엔
푸른 숲에 석양이 내려 어두움이 깔려온다.
넓게 퍼진 자욱한 안개 만리에 뻗어있고
초롱한 등불은 집집마다 켜진다.
시인(詩人)은 남쪽 정자의 달을 사랑하노니
멀리서 온 나그네가 좋은 술을 마다하랴.
지금의 쇠해버린 세속을 말하지 말라
하늘의 이치는 돌고 돌아 끝임없이 이어져가거니.

霞輝靄靄彼江村　返照靑林落闍昏
하 휘 애 애 피 강 촌　반 조 청 림 낙 암 혼

漠漠烟潯延萬里　星星燈火占千門
막 막 연 심 연 만 리　성 성 등 화 점 천 문

騷人最愛南亭月　遠客何辭北闕樽
소 인 최 애 남 정 월　원 객 하 사 북 궐 준

莫道于今衰世俗　循環天理正源源
막 도 우 금 쇠 세 속　순 환 천 리 정 원 원

登江堤望風景　四三三四年　辛巳

霞輝靄靄彼江村
返照青林落闇昏
漠漠烟潯延萬里
星星燈火占千門
騷人最愛南亭月
遠客何辭北闕樽
莫道于今衰世俗
循環天理正源源

次相宣亭重建
차 상 선 정 중 건

<상이정 중건에 차운함 石谷蓮洞 辛巳 淸和>

구석진 곳이라도 정자는 해동 땅에 우뚝하고
티 없이 맑고 조용한 숲속에 쌓여있다.
돌이켜 생각하면 중건된 모습 더 뚜렷하고
아득히 옛일을 미루어보니 예와 매 한가지이다.
채산을 이어 받아 유자(儒者)의 길을 지키니
자손은 주자학풍을 잊지 않고 있음이다.
선인이 남긴 옛터를 명승지로 복구하였으니
옛 분을 사모하는 후예 마음 끝 간 데 없어라.

地僻亭高聳海東　無埃至靜繞林中
지 벽 정 고 용 해 동　무 애 지 정 요 림 중

回思昭昭重修貌　追想悠悠古今同
회 사 소 소 중 수 모　추 상 유 유 고 금 동

紹緖採山靑衿錄　雲仍未忘紫陽風
소 서 채 산 청 금 록　운 잉 미 망 자 양 풍

先人遺址環勝賞　慕故後生意不窮
선 인 유 지 환 승 상　모 고 후 생 의 불 궁

* 靑衿錄:조선 시대, 성균관, 향교, 서원 등에 있던 유생(儒生)의 명부

次相宜亭重建 石谷蓮洞 辛巳

地僻亭高聳海東
無埃至靜繞林中
回思昭々重修貌
追想悠々古今同
紹緒採山青衿録
雲仍未忘紫陽風
先人遺址還勝賞
慕故後生意不窮

登龍江亭
등 용 강 정

<용강정에 올라 兼面平章里 辛巳 四月>

용강정에 이르러 홀로 누각에 올라보니
우뚝 신령한 숲은 난간 밖에 그윽하다.
요령대로 산에 뿌린 지치를 캐고
강태공을 기려 합 강가에 낚시를 드리운다.
한 평생 천지간에 뜬구름으로 태어나
만고의 강산에 단비를 거둔다.
푸른 나무 짙은 그늘이 햇빛을 가려주니
시인(詩人) 묵객(墨客)이 풍류를 즐기기에 꼭 좋다.

龍江亭到獨登樓　突兀靈林檻外幽
용 강 정 도 독 등 루　돌 올 영 림 함 외 유

追道採芝獎播峀　慕姜垂釣合江洲
추 도 채 지 장 파 수　모 강 수 조 합 강 주

百年天地浮雲出　萬古江山喜雨收
백 년 천 지 부 운 출　만 고 강 산 희 우 수

綠樹陰陰能蔽日　騷人墨客足風流
녹 수 음 음 능 폐 일　소 인 묵 객 족 풍 류

登龍江亭　兼面平章里　辛巳 胃

龍江亭到獨登樓
突兀靈林檻外幽
曲道採芝勞擔笛
慕姜乘釣合江洲
百年天地浮雲出
萬古江山喜雨收
綠樹陰々能蔽日
騷人墨客足風流

鴨綠江游吟
압록강유음

<압록에서 노닐며 辛巳 五月>

산들바람 불어오는 압록강 봄 안개에

청루 술집엔 비단자락 펄럭인다.

원앙새는 옛 나루의 웅덩이 채운 곳에서 울고

호사스런 승용차 내닫는 새다리는 한들 맞닿으려한다.

만길 물결은 푸른 풀숲에 일렁이고

천층 뭉게구름은 자주꽃 옆에 피어오른다.

작년 금년 해마다 찾는 나그네

뜻을 이룬 만족한 기분이라 신선이 되어간다.

鴨綠風輕三月烟　靑樓酒肆錦長延
압 록 풍 경 삼 월 연　청 루 주 사 금 장 연

鴛鳴古渡盈陷地　輅逐新橋欲聳天
원 명 고 도 영 함 지　로 축 신 교 욕 용 천

萬丈波瀾菁草上　千層雲勢紫花邊
만 장 파 란 청 초 상　천 층 운 세 자 화 변

年年歲歲重來客　得意惹然化爲仙
연 년 세 세 중 래 객　득 의 망 연 화 위 선

鴨綠江游吟　辛巳五月

鴨綠風輕三月烟
青樓酒肆錦長延
駕鳴古渡盈陌地
軺逐新橋欲躡天
萬丈波瀾菁草上
千層雲勢紫花邊
年年歲歲重末客
得意茫然化為僊

春汀
춘 정

<봄날의 물가에서 2000년>

봄빛이 냥냥한 날
가만히 따뜻한 물가에 들렀더니
어디에 한가로운 구름이 있더냐고
노인의 간절함을 웃으며 묻는다.

春色溶溶日　慇懃入溫汀
춘 색 용 용 일　은 근 입 온 정

閑雲何處有　笑問老人叮
한 운 하 처 유　소 문 노 인 정

春汀　四三三年庚辰　辛巳推稿

春色溶溶日
慇懃入溫汀
閑雲何處有
笑問老人叮

安松隱恒善號韻
안 송 은 항 선 호 운

<송은의 호운 2001년 辛巳 夏至節>

주옹은 천덕산의 동쪽에서 태어났고
속 좁은 세상이라 솔에 깃들어 숨어 살았다.
텅 빈방 청한(淸閒)함 이사 삼대(三代)째 풍경이요
온 집안이 의리와 예절로 살아 평생의 풍모이다.
활달한 품성이라 따르기도 어렵고
엄전한 기백이라 누구라 같이 하랴.
온 세상 모두가 명리에 급급한데
뿌리 때문에 뜨거운 속내를 펼칠 곳이 없어라.

主翁挺出德山東　隱居松棲陋巷中
주 옹 정 출 덕 산 동　은 거 송 서 루 항 중

虛室淸閑三代景　滿庭義禮一生風
허 실 청 한 삼 대 경　만 정 의 례 일 생 풍

性情闊達人難及　氣魄嚴全孰與同
성 정 활 달 인 난 급　기 백 엄 전 숙 여 동

擧世皆移名利窟　因秪無處吐心紅
거 세 개 이 명 리 굴　인 지 무 처 토 심 홍

安松隱 恒善 歸韻

主翁挺出德山東
隱居松樓陋巷中
蜜室清閒三代景
滿庭義禮一生風
性情闊達人難及
氣魄嚴全熟與同
擧世皆移名利窟
因祇〻無慮吐心紅

辛巳夏玉節

忠武公李舜臣聖雄畫像讚
충무공이순신성웅화상찬

<档紀4295年>

龍蛇倭寇　蒼生屠戮
용사왜구　창생도륙

民無殘命　天地皆哭
민무잔명　천지개곡

日月之明　李忠武公
일월지명　이충무공

義嚴春秋　滅賊聖雄
의엄춘추　멸적성웅

忠武公李舜臣聖雄畫像讚

龍蛇倭冦　蒼生屠戮
民無殘命　天地皆哭
日月之明　李忠武公
義嚴春秋　誡賊聖雄

四三九五年

桓檀聖祖畫像讚
환 단 성 조 화 상 찬

<檀君紀元4289年 甲午 於서울>

誕神樹下　變天爲聖
탄 신 수 하　변 천 위 성

蠻狄塞路　桓檀匡正
만 적 새 로　환 단 광 정

弘益人間　訓典詩禮
홍 익 인 간　훈 전 시 례

四海放之　天人一體
사 해 방 지　천 인 일 체

桓檀聖祖畫像讚 檀君紀元四三八七年甲午於白堂

誕神樹下　變天爲聖
蠻狄塞路　桓檀匡正
弘益人間　凱典詩禮
四海放之　天人一體

春信有感
춘 신 유 감

<檀紀4329年 丙子>

짙푸른 시냇물 절로 흐르는 소리 듣노라면
때마침 동풍이 불어 마른가지 물오른다.
추위를 견뎌내고 재빨리 싹터 옴을 누가 알랴
꽃눈이 반이나 열려 있음이 곧 시(詩) 아닌가.

清音碧澗自流時　正好東風潤瘦枝
청 음 벽 간 자 류 시　정 호 동 풍 윤 수 지

誰識凌寒芽早裂　羊開蕾橐即真詩
수 식 릉 한 아 조 렬　양 개 뢰 탁 즉 진 시

* 蕾橐 : 꽃눈

작가의 序文

 여기 수록한 잡기(雜記)들은 30년 전부터 여기저기 흩뿌려둔 파편들을 한곳에 모으게 된 것들이고 그것들을 다시 손을 모아 재정리한 것이어서 순서도 없고 구분도 없다. 모두 찾아내어 햇빛을 보게 되도록 차근차근 정리가 되어 진다면 더 바랄 것이 없으리라. 다른 잡기(雜記)들 또한 어디엔가 있을 수도 있으리라 기대해보지만 화재(火災)를 입은 여화는 차마 희망사항만으로도 계면쩍은 일이다. 작은 작품이랄 것도 없는 하찮은 잡문(雜文)이 곧 내 생애 한 부분 편린일 수도, 내 작은 모습일 수도 있으리라 여겨 정리하고 있다. 훗날 나를 알고자 하는 자는 모름지기 이 파편들을 들추어 볼지어다.

- 1995년 -

白齊集 인생을 漢詩로 노래하다

초판 1쇄 발행 2017년 5월 28일

지 은 이 安泰鳳
발 행 인 안미쁜아기
발 행 처 동행출판
디 자 인 구태림 안윤아
인쇄제본 (유)KPR

등록번호 제2016-000063호
주   소 13633 경기도 성남시 분당구 미금일로57 602-1304
전   화 070-4312-4300
팩   스 031-5171-3150
메   일 donghang.book@gmail.com

ISBN   979-11-957985-3-7   03800